KB248070

펫로스 치유하는
위로와 회복의 시간

마지막 산책

펫로스 치유하는
위로와 회복의 시간

마지막 산책

덕운 지음

담앤북스

모든 생명과의 소중한 인연,
함께 걷는 길

우리의 삶은 결코 홀로 이루어지지 않습니다. 보이지 않는 모습으로 우리 곁을 지키며 삶의 일부가 된 존재들, 특히 반려견과의 관계는 오래전부터 인간의 삶을 바꾸어 왔습니다. 고고학적 흔적과 최근 연구는 인간과 개의 관계가 매우 오래전으로 거슬러 올라가며, 그 긴 동행은 단순한 도구적 유대가 아니라 서로의 생존과 삶의 리듬을 함께 이루는 깊은 인연임을 시사합니다. 프랑스 중서부 쇼베동굴에서 발견한 고대의 발자국은 인간과 동물이 오랜 세월 서로의 곁에서 살며 생명과 죽음을 함께 성찰해 왔음을 조용히 일러 줍니다.

불교는 이러한 관계를 인연과 연기緣起의 눈으로 보라고 가르칩니다. 모든 존재는 서로 얽혀 일어나고, 서로를 비추며 존재합니다. 반려동물과 나누는 매일의 손길과 눈빛은 단지 감정의 소비가 아니라 연기의 실천이며, 그 안에서 자비와 책임이 자라납니다. 불교 경전에서는 모든 생명이 본래 평등하며 서로 깊이 연결되어 있음을 말합니다.

최근 몇 년 사이 '펫로스(반려동물 상실) 증후군'을 호소하는 이들이 빠르게 늘고 있습니다. 상담 현장과 지역 커뮤니티의 보고에 따르면, 이별 이후 수면장애·식욕 저하·공황과 같은 신체 반응부터, 죄책감·분노·공허감이 뒤섞여 일상을 유지하기 어려운 경우가 적지 않습니다. "동물일 뿐"이라는 주변의 무심한 말에 슬픔을 숨기다 보니 사회적 고립이 커지기도 합니다. 그러나 이 슬픔은 과한 반응이 아니라, 오랜 시간 서로의 삶을 나눈 관계가 남긴 자연스러운 흔적입니다. 반려견과의 유대는 가족애, 돌봄, 일상의 의미가 겹쳐 형성된 관계이기에 상실의 충격도 깊고 복합적일 수밖에 없습니다. 우리는 이 현실을 인정하고, 애도의 권리를 보장받아야 합니다. 울음과 침묵, 기억과 이야기, 작은 의례와 기록은 모두 정당한 애도의 방식입니다.

이 책은 그 슬픔을 서둘러 지우거나 덮지 않습니다. 대신 지금의 감정을 안전하게 바라보고, 몸과 호흡으로 균형을 회복하며, 기억을 돌봄의 실천으로 바꾸는 길을 제안합니다. 그 길 위에서 선명상은 '지금'의 자리를 지켜 주는 실천입니다.

시간이 길고 엄숙한 좌선뿐 아니라, 반려견과 함께하는 평범한 순간들은 마음을 안정시키고 감정의 소용돌이에서 빠져나오게 돕습니다. 구체적으로, 선명상은 첫째로 불안과 과도한 각성을 낮춰 순간적 공황에서 벗어나게 하고, 둘째로 슬픔과 죄책감 같은 강렬한 감정을 관찰 가능한 현상으로 전환해 과대해석을 줄이며, 셋째로 자비와 감사의 감정을 회복시켜 실질적 돌봄 행동으로 이어지게 합니다. 간단한 호흡 연습과 짧은 접촉 명상은 반려견과 주인의 신경계를 조율해 서로에게 안정감을 주고, 의사 결정의 순간에는 더 차분하고 명료한 판단을 가능하게 합니다. 이처럼 선명상은 펫로스의 고통을 억누르지 않고 안전하게 마주하게 하며, 회복을 위한 구체적 능력을 길러 줍니다.

이 책이 안내하려는 것은 처방전이 아니라 동행의 방법입니다. 기억을 기리고, 애도를 의례로 만들며, 매일의 돌봄을 수행으로 전환하는 작은 기술들입니다. 반려동물과 함께하는 시간 속에서 생명의 존엄과 자비의 씨앗을 더 많이 발견하시고, 그 씨앗이 여러분의 일상과 공동체로 퍼져 나가기를 바랍니다.

이 책이 세상에 나오기까지 생명 존중과 반려문화 확산에 큰 역할을 해주신 많은 분들이 계십니다. 특히 인문학적 깊은 통찰과 따뜻한 조언으로 생명 존중의 가치를 사회 전반에 널리 알리는 데 큰 역할을 해 주신 배철현 전 서울대학교 교수님과, 반려동물과의 공존을 위해 적극적인 실천 운동을 펼쳐 온 보노몽의 박인호 대표님께 진심 어린 감사의 마음을 전합니다. 또한 불교적 생명 존중과 선명상의 가치를 널리 알리는 데 지혜와 헌신을 아끼지 않으신 대한불교조계종 총무원장 진우 큰스님께도 깊은 존경과 감사를 드립니다.

이 글을 펼치는 모든 분께, 그리고 무심히 그러나 늘 곁을 지켜 온 모든 반려동물에게 깊은 감사와 경의를 표합니다. 함께 걸어온 길을 기억하며, 이제 다시 한 걸음씩 호흡하며 나아가기를 발원합니다.

남산 충정사에서
덕운 두손 모음

목차

1장

우리,
함께였던 모든 순간들

"오늘도 함께하자"
우리, 함께였던 모든 순간들

처음 만남의 기억: 작은 존재가 남긴 큰 변화

반려견을 처음 만난 날의 기억은 마치 오래된 사진첩을 넘기듯 사소한 풍경들로 가득합니다. 문턱을 넘으며 처음 마주하던 공기, 작은 몸에서 전해 오던 뜨거운 체온이 선명하게 되살아납니다. 경계와 호기심 사이를 오가던 눈빛과 소리 나는 장난감에 호기심을 보이던 불안한 몸짓은 시간이 흐르며 더 이상 낯설지 않은 일상의 한 부분이 되었습니다. 그날의 떨림과 설렘은 단지 '귀여움'의 기억을 넘어서, 삶의 리듬을 바꾸는 시작이었습니다.

반려견은 말이 없습니다. 그러나 표정과 몸짓, 숨결과 발걸음으로 감정을 전합니다. 기쁜 날에는 함께 기뻐하고, 슬픈 날에는 조용히 곁에 앉아 있습니다. 인간은 그 반응을 통해 위로를 얻고 자신의 감정을 더 잘 이해하게 됩니다. 작은 몸짓 하나에 마음이 움직이고, 별것 아니라고 여겼던 습관 하나가 하루 온도를 바꾸기도 합니다. 밤에 함께 누웠을 때 들려오는 고른 숨소리는 불안한 마음을 잠재우고, 무심코 건넨 간식에 반응하는 눈빛은 내가 존중받는 존재임을 확인시켜 줍니다. 이렇게 반려견은 단순한 동반자를 넘어 일상의 감각을 다시 세우는 존재가 됩니다.

처음 만남은 한 번의 사건으로 끝나지 않습니다. 그날부터 쌓인 아침의 손길, 산책 전의 목줄 채우기, 퇴근 후 반갑게 달려오는 발소리가 새로운 리듬을 만듭니다. 이 리듬은 외로움의 가장자리를 부드럽게 덮고, 마음의 틈을 채웁니다. 반려견은 우리의 표정과 분위기, 마음의 움직임을 섬세히 읽어 내어 말하지 못한 감정을 끌어내는 거울이 됩니다. 다른 사람에게 말하지 못하던 아픔이 개와의 눈맞춤이나 손길, 함께 걷는 짧은 순간 속에서 조금씩 녹아 내리는 것. 그것이 반려견이 주는 정서적 치유의 힘입니다.

이 만남을 불교의 연기緣起 관점으로 보면 더 넓은 의미가 열립니다. 두 존재가 만난 것은 우연의 결과라기보다 얽히고설킨 인연의 흐름 위에 놓인 한 고리입니다. 우리가 선택한 만남이든, 오래된 업으로 이어진 만남이든, 그 관계는 과거와 현재를 잇는 연속입니다. 그래서 처음 만남의 기억을 떠올리는 일은 단지 추억을 되새기는 것이 아니라, 나와 타인, 그리고 세계가 어떻게 서로 얽혀 있는지를 다시 보는 일이 됩니다.

반려견과 함께하는 일상은 곧 수행의 장이 됩니다. 매일 밥그릇을 놓는 손길, 산책길에서 발걸음을 맞추는 순간, 잠자리에서 나누는 조용한 호흡. 이 작은 의례들이 모여 삶을 단단히 지탱합니다. 선명상은 '지금 이 순간'에 머무르는 훈련이라 했습니다. 숨소리나 발소리, 눈빛의 미세한 변화에 주의를 기울이는 일은 무상無常을 체득하는 연습입니다. 특히 다가오는 이별의 시간 반려견의 걸음이 느려지고 눈빛이 희미해질 때 우리는 서서히 '마지막'을 준비합니다.

그 시간은 슬프고 고통스럽지만 동시에 가장 깊은 수행의 자리이기도 합니다.

불교 경전에는 수행자와 동물 사이에 맺어진 특별한 인연 이야기가 여럿 전해집니다. 한 예로, 부처님께서 고행하시던 중 지친 몸을 보살펴 준 원숭이의 공양 이야기는 수행자와 동물이 서로의 고통을 알아보고 진심으로 보살핀 관계를 상징적으로 보여 줍니다. 보리수 아래에서 깨달음을 이루기 직전 많은 동물이 모여 부처님의 깨달음을 축복했다는 전승도 있습니다. 코끼리, 새, 뱀들이 평화롭게 어우러진 장면은 모든 존재가 서로를 존중하고 공존할 수 있다는 이상을 상징합니다. 이와 같은 구체적 사례들은 더 넓은 철학적 토대와 맞닿습니다. 이처럼 경전 속 이야기는 수행의 길이 절집의 고요에만 있는 것이 아니라, 길가의 작은 생명을 돌보고 교감하는 속에서도 펼쳐질 수 있음을 일러 줍니다.

오늘 우리가 반려견과 나누는 일상의 손길과 호흡은 바

로 그런 전통의 연장입니다. 경전에 담긴 수행자와 동물의 인연은 단지 옛이야기가 아니라, 지금 이 자리에서 실천할 수 있는 삶의 지침입니다. 반려견을 돌보는 작은 의례 하나하나가 곧 수행이며, 그 수행은 오래된 가르침과 만나 우리의 삶을 더 깊게 만듭니다. 억지로 울지 않으려 하지 말고, 가만히 머무르며 그 숨결을 함께 느끼십시오. 울음과 침묵 모두가 자비의 언어가 됩니다.

『금강경』과 『화엄경』은 앞서 들려 드린 경전 속 이야기들을 철학적·윤리적으로 받쳐 줍니다. 금강경은 우리가 일상에서 갖기 쉬운 차별적 사고와 고정관념이 실은 마음이 만든 허상임을 일깨웁니다. 대표적 가르침인 "일체의 중생을 모두 제도하지만, 실로 단 한 중생도 제도 된 바 없다고 알아야 한다."는 말은 누군가를 돕는 행위를 우월감이나 자아의 확인으로 전락하지 않도록 주의하라는 뜻입니다. 즉, 자비의 행위는 타자를 낮추거나 나를 세우려는 도구가 아니라, 본래 평등한 존재들 사이에서 서로를 돕고 보살피는 겸허한 실천이어야 한다는 것입니다. 반려견에게 밥을 주고, 몸을 쓰다듬어 주는 그 작은 행동들은 바로 이런 평등의 마음을 행동으로 드러내는 수행적 실천입니다.

『화엄경』은 모든 존재가 서로 얽힌 그물망처럼 연결되어 있음을 강조합니다. '인드라망'의 비유가 말하듯, "하나 안에 모든 것이 있고, 모든 것 안에 하나가 존재한다."라는 구절은 한 생명의 미세한 변화가 전체의 리듬에 울림을 준다는 깊은 통찰을 전합니다. 반려견의 숨소리 한 번, 꼬리의 작은 움직임조차 우리의 일상과 마음에 영향을 미치고, 우리의 표정과 태도 역시 그들에게 닿습니다. 이러한 상호작용 속에서 우리는 화엄의 가르침을 몸으로 체험하게 되며, 서로 의존하는 존재로 사는 삶을 더 선명하게 느끼게 됩니다.

『금강경』과 『화엄경』의 가르침은 이 같은 사례들을 철학적으로 받쳐 주며, 그 의미는 오늘의 일상에서도 곧장 적용됩니다. 반려견을 돌보는 매 순간은 생명 존중의 훈련이며, 우리가 선택하는 태도와 행동은 작은 업業이 되어 서로에게 남습니다. 경쟁과 속도의 시대에 이 두 경전의 지혜는 인간 중심적 관점을 넘어서 생명 중심의 시야를 회복하도록 이끌어 줍니다. 반려견과 주고받는 교감은 그 회복의 통로이며, 자비와 평등, 상호 의존의 체험이 생활의 습관으로 자리할 때 경전의 가르침은 이론을 넘어 현실이 됩니다.

또한 반려견과의 관계는 사회적·제도적 변화와도 연결되어 있습니다. 최근 '반려'라는 말이 '애완'의 자리를 대신하게 된 것은 단지 용어의 변화가 아닙니다. 그것은 우리가 개를 소유하거나 관리의 대상으로 보지 않고 함께 살아가는 존재로 인식하기 시작했음을 뜻합니다. 이러한 인식은 법과 제도, 일상적 예절에도 영향을 미치며, 반려견에게 필요한 돌봄과 존중을 요구합니다. 규칙적인 산책과 건강 관리, 질 높은 의료 지원뿐 아니라 정서적 안정과 소속감을 제공하는 것도 우리의 몫입니다. 우리가 베푸는 작은 친절과 꾸준한 돌봄은 결국 자신에게 돌아오는 선한 업이 됩니다.

사랑은 감정의 표현만이 아니라 책임의 행위입니다. 반려견에게 주는 접촉 하나, 아플 때의 밤샘 간호, 어려운 결정을 내려야 할 때의 마음 씀씀이, 이 모든 것이 애정의 언어입니다. 때로 무력감이나 죄책감이 스며들기도 하지만, 그런 감정들까지도 자비로 받아들이십시오. "지금 이 자리에서 할 수 있는 최선을 다했다."라는 인정이야말로 진정한 책임의 온기이며, 그 온기는 이별을 회향으로 전환합니다.

오늘날 반려견과 함께하는 삶은 선택이자 오래된 인연의 결과입니다. 그들은 우리의 가장 본능적 감정인 사랑하고 보호하고 교감하고 싶은 마음을 비추는 거울이며, 우리가 잊고 있던 감정의 뿌리를 다시 꺼내 줍니다. 그 덕분에 우리는 세상과 더 부드럽게 연결되고, 인간다움의 다른 면을 배우게 됩니다. 처음 손길의 떨림을 기억하며 그때 느꼈던 온기를 다시 불러오십시오. 그 기억 안에서 여러분은 지금 여기 머무르는 연습을 시작할 힘을 얻을 것입니다.

작은 존재와의 첫 만남은
삶에 새로운 온기를 불어넣고, 마음을 다정하게 변화시킵니다.
반려견과 나누는 눈빛과 손길 속에서
자비와 평등의 가르침이 자연스레 피어나지요.
또한 사랑으로 돌보는 매일의 순간들은
서로의 삶을 따뜻하게 이어 줍니다.

일상 속 작은 의례들
(밥·산책·잠자리)

매일의 작은 의례들이 쌓여 결국 한 생을 이룹니다. 아침 햇살에 그릇을 조심스레 내려놓는 손끝의 온기, 산책 전 목줄을 단단히 고정하며 나누는 짧은 접촉, 잠들기 전 이불을 덮어 주며 나누는 무언의 약속. 그 모든 순간이 말없는 돌봄의 언어로 쌓입니다. 그릇의 놓임새, 밥을 준비하는 손길, 간식을 건넬 때의 눈맞춤까지도 서로에게 보내는 존중과 신뢰의 신호입니다. 어느새 그런 의례들은 단순한 습관을 넘어서서 집안의 리듬을 만들고, 하루의 온기를 정하는 규범이 됩니다.

아침이면 주방 조명이 켜지기도 전에 반려견이 침대 끝

에 앉아 기다리는 풍경이 익숙합니다. 그릇을 내밀며 잠깐 눈을 마주치는 순간, "오늘도 함께하자."는 약속이 교환됩니다. 예컨대 소형견 '미루'의 집에서는, 주인이 밥을 담아 내는 동안 미루가 꼬리를 천천히 흔들며 주인을 바라봅니다. 주인은 그때 숨을 고르고 "잘 먹어라." 하고 속으로 감사의 문장을 건넵니다. 이 짧은 의례는 단순한 영양 공급을 넘어 서로를 확인하는 의식입니다. 규칙적인 급여는 반려견의 신체 리듬을 지탱하고, 주인에게는 책임을 상기시키는 계기가 됩니다. 또한 식사 전의 짧은 침묵이나 손을 가볍게 올려 주는 행위는 감사와 존중의 마음을 분명히 전하는 수행 행위가 됩니다.

산책은 신체적 운동을 넘어 감각을 나누는 수행입니다. 출근 전 20분 산책을 규칙으로 삼는 가정의 예를 들어 보겠습니다. 주인과 반려견은 같은 길을 걷는 동안 서로의 호흡과 속도를 맞춥니다. 보도를 걷다가 우연히 멈춰 선 순간, 반려견이 오래된 나무 냄새를 맡으며 뒤를 돌아볼 때 주인은 그 짧은 멈춤에 동참해 호흡을 고릅니다. 그렇게 발걸음의 박자를 맞추는 일은 '지금 여기'에 머무르는 훈련이며, 이를 통해 반려견의 미세한 신체 신호(걸음의 가벼움, 귀의 움직임)를 읽는 감수성이 길러집니다. 산책 중 한 귀퉁이에서 갑자기 힘이 빠져 멈춘 노견을 보살핀 경험이 있는 사람은, 다음 산책에서 그 신호를 더 먼저 알아차립니다. 이러한 감지력은 일상의 안전망이 되며, 돌봄의 질을 높입니다.

밤은 온기와 침묵으로 건네는 안심의 시간입니다. 이불을 덮어 주고 함께 누울 때의 조용한 의례는 말이 필요 없는 위로의 시간입니다. 예컨대 늙어 가는 반려견 '복순'이는 밤마다 잠들기 전에 주인의 손등을 몇 번 핥습니다. 주인은 그 손등을 살며시 쓰다듬으며 하루의 끝을 마무리합니다. 이 짧은 접촉은 서로의 체온을 느끼며 존재를 확인하는 의식입니다. 반려견이 숨을 고르고 깊게 쉬는 소리는 주인에게도 안도의 신호가 됩니다. 병든 반려견 곁에서 밤을 지새운 사람들은 그 조용한 교감이 얼마나 큰 의미였는지 알고 있습니다. 잠자리에서의 의례는 불안한 마음을 가라앉히고, 이별의 시간도 품을 수 있는 내면의 안정감을 길러 줍니다.

수행은 반드시 좌선의 고요한 자리만을 뜻하지 않습니다. 식사 앞에서 잠깐의 감사한 침묵을 갖는 일, 산책하며 발걸음과 호흡을 맞추는 일, 밤에 서로의 체온을 확인하며 조용히 숨을 고르는 일—이런 사소한 행위들이 곧 수행의 장입니다. 반려견과 나누는 일상의 의례는 '지금 여기'에 머무르는 연습을 가능하게 합니다. 산책길에서 무심코 지나치던 냄새 하나를 함께 느끼고, 길모퉁이에 잠시 멈춰서서 반려견의 호흡을 살피는 것, 간단한 접촉으로 안심을 전하는 것들이 모두 마음챙김의 실천입니다.

무상無常은 일상 속에서 스며듭니다. 반려견의 발걸음이 조금씩 느려지고, 평소 좋아하던 간식에 덜 반응하는 순간들을 알아차리는 능력은 오랜 시간 쌓인 의례 덕분에 비로소 가능해집니다. 그 작은 변화들을 놓치지 않고 주목하는 것이야말로 사랑을 온전히 전하는 방식입니다. 급하게 해결해야 할 일이 아니라, 천천히 머물러서 함께 숨 쉬는 태도입니다. 그 과정에서 우리는 상실을 향한 준비를 하게 되고, 이별의 순간에도 더 깊은 자비로 응답할 수 있게 됩니다.

또한 이러한 의례들은 돌봄 주체로서의 정체성을 단단히 합니다. 규칙적인 식사 준비와 산책은 반려견의 신체적 안녕을 지키는 동시에 정서적 안전망을 만들어 줍니다. 반려견은 인간의 말보다 태도와 리듬을 더 민감하게 읽습니다. 안정된 루틴과 일관된 접촉은 그들에게 소속감과 신뢰를 제공합니다. 반대로 일상이 흔들릴 때 반려견도 불안을 느끼므로, 의례의 꾸준함은 서로를 지탱하는 중요한 기둥이 됩니다.

마지막으로, 이 모든 작은 의례들은 우리가 자비를 실천하는 방식입니다. 손끝의 부드러움, 함께 걷는 발걸음, 밤의 조용한 호흡 모두가 '돌봄'이라는 불교적 실천으로 이어집니다. 매일의 반복 속에서 우리는 무상의 진실을 조금씩 체득하고, 그 체득은 곧 삶을 온전히 살아 내는 태도가 됩니다. 그러므로 오늘의 작은 의례들에 마음을 기울이십시오. 그 한 번의 손길이 쌓여 결국 한 생의 온기와 자비가 됩니다.

매일의 밥과 산책, 잠자리가 작은 의례가 되어 서로를 돌보는 마음이 된다.
그 반복 속에서 우리는 함께 숨 쉬는 법과 고마움을 배운다.
그렇게 쌓인 순간들이 한 생의 온기와 사랑이 된다.

함께 있음의 감각: 눈빛·몸짓·리듬 읽기

언어가 통하지 않는 존재와의 교감은 결국 감각의 세심한 읽기에서 비롯됩니다. 귀의 작은 각도 변화, 꼬리의 가벼운 흔들림이라든지 눈빛이 미세하게 흐려지는 것, 숨결이 평소보다 얕아지는 순간들. 처음에는 무심코 지나치기 쉬운 이런 신호들이 쌓여 관계의 언어가 됩니다. 반려견은 말 대신 온몸으로 자신의 상태를 전하고, 그 몸짓을 알아채는 능력은 곧 서로의 신뢰를 가늠하는 척도가 됩니다. 예컨대 산책길에서 평소보다 걷는 속도가 느려지거나 길목에서 갑자기 멈춰 오래 냄새를 맡는 행동은 단순한 호기심이 아니라 피로의 신호일 수 있습니다. 집 안에서 눈빛이 흐려지며 조용히 주인의 무릎에 기대는 행동은 위안이 필요하다는 표시일 수 있습니다. 이러한 미세한 변화를 알아차리는 사람은 곧 더 적절한 보살핌을 해 줄 수 있게 됩니다.

'함께 있음'의 감각은 서로의 리듬을 맞추는 연습 속에서 길러집니다. 두 존재가 같은 공간에서 호흡을 조율하고 발걸음의 박자를 나란히 하며 걷는 동안, 말로 설명하기 어려운 조율이 일어납니다. 반려견이 멈출 때 주인이 멈추고, 반려견이 가볍게 흥분할 때 주인이 숨을 고르며 안정감을 주는 방식은 일상의 반복 속에서 자연스럽게 익혀지는 기술입니다. 어린 강아지가 장난치며 뛰어다닐 때 그 에너지를 받아 함께 리듬을 타고 놀아 주는 것, 노견이 천천히 걸을 때 속도에 맞춰 천천히 걷는 것. 모두가 서로의 몸과 마음에 맞춰지는 연습입니다. 이 리듬의 조율은 편안함을 주는 차원을 넘어, 상대의 고통이나 피로를 먼저 감지해 대응할 수 있는 형성적 능력을 길러 줍니다.

감각을 읽는 일은 또한 연기緣起의 연결을 체감하게 합니다. 우리가 반려견의 리듬에 따라 숨을 고르고 발걸음을 맞출 때 '나'와 '너'의 경계는 고정된 선이 아니라 서로를 비추는 장이 된다는 깨달음이 옵니다. 상대의 작은 변화가 곧 나의 하루와 감정에 스며들고, 나의 행동이 다시 상대에게 영향을 미치는 순환적 관계를 몸으로 체험하게 됩니다. 이 경험은 불교에서 말하는 연기의 직관적 이해와 닿아 있습니다. 작은 몸짓 하나가 양쪽의 마음과 몸을 동시에 바꾸는 순간들을 반복하면서 우리는 서로 얽힌 존재라는 사실을 체득하게 됩니다.

특히 이별이 가까워졌을 때 '함께 있음'의 방식은 더 깊은 의미를 띠게 됩니다. 마지막 산책에서 갑자기 멈춘 그 몸을 가만히 품는 일, 더 이상 힘차게 걷지 못하는 발을 어루만지는 일은 어떤 말보다 진한 교감입니다. 누군가는 울음을 참으려 애쓰지만, 그 울음 자체가 수행이 되는 순간을 경험합니다. 울음, 한숨, 말없는 눈맞춤, 손끝의 가벼운 접촉. 이 모든 것이 애도의 수행이며 자비의 실천입니다. 침묵 속에 머물며 반려견의 숨결을 느끼는 시간은 외부의 언어로 설명할 수 없는 위안을 줍니다. 또한 그런 순간에 주인은 작은 의례를 만들 수 있습니다. 손을 올려 가볍게 체온 느끼기, 함께 하늘을 바라보며 숨을 세 번 맞추기, 조용한 감사의 문장을 속으로 몇 번 되뇌기. 이런 간단한 행동들이 이후의 슬픔을 받아들이는 데 큰 힘이 됩니다.

눈빛과 몸짓, 리듬을 읽는 능력은 연습으로 단련됩니다. 매일의 작은 관찰, 산책 중 수차례의 멈춤, 잠자리에서의 조용한 관찰이 쌓여 판단력은 점점 예민해지고, 그 예민함은 단순한 민감도가 아니라 배려의 근육으로 자랍니다. 이 근육은 병들거나 약해진 반려견을 돌보는 데 필요한 인내와 현명한 선택을 가능하게 합니다. 연습 방법으로는 '하루에 세 번 1분 관찰'이나 '산책 중 세 번 멈춰 호흡 헤아리기'를 습관으로 두는 것이 효과적입니다. 또한 관찰 내용을 간단히 메모하는 습관(예: 식욕·활력·수면 패턴의 변화)을 들이면 미세한 이상 신호를 더 빨리 포착할 수 있습니다.

결국 함께 있음의 감각은 단순한 기술이 아니라 관계를

지탱하는 가장 깊은 힘입니다. 우리가 이 감각을 길러 갈수록 반려견은 더 안전하고 존엄한 돌봄을 받게 되고, 우리는 이별 앞에서도 너그럽고 자비로운 태도로 머물 수 있게 됩니다. 그런 의미에서 눈빛과 몸짓을 읽는 일은 반려관계에서 가장 근본적이고 지속적인 수행이 됩니다.

노견과의 동행

반려견과의 동행이 깊어질수록 우리는 새로운 수행의 길에 들어섭니다. 특히 노견과의 시간은 젊은 시절의 활기찬 동반과는 다른, 깊고 섬세한 자비와 무상의 지혜를 요구하는 특별한 여정입니다. 노견을 돌보는 일은 단순한 의무를 넘어 그들의 느려진 걸음과 희미해진 눈빛, 차가워진 체온 속에서 삶의 유한함을 받아들이고, 그럼에도 불구하고 변함없는 사랑을 전하는 수행의 본질과도 같습니다. 이 길 위에서 우리는 노견이 전하는 침묵의 메시지를 읽어내고, 책임감 있는 보살핌으로 그들의 마지막 순간까지 존엄을 지켜주는 노력이 필요합니다.

노견이 된다는 것은 단지 나이가 드는 것을 넘어, 몸과 마음에 미세한 변화가 시작됨을 의미합니다. 과거에는 가볍게 뛰어놀던 산책길도 이제는 발걸음이 무거워지고, 익숙했던 소리나 냄새도 제대로 인지하지 못하게 됩니다. 청각과 시각이 저하되고, 관절에 통증을 느끼며, 인지 능력마저 흐려져 배변 실수를 하거나 잠을 깊이 자지 못하는 경우가 늘어납니다. 이처럼 그들의 세상은 점점 더 좁아지고 예측 불가능한 변화의 연속이 됩니다. 보호자는 이러한 변화를 '자연스러운 노화'로 받아들이면서도, 그 변화 속에 숨겨진 고통의 신호를 민감하게 알아차리는 것이 좋겠습니다. 그들의 미세한 몸짓 하나, 숨소리의 리듬, 표정의 변화에 귀 기울이는 섬세한 관찰이야말로 자비로운 돌봄의 첫걸음입니다.

노견을 돌보는 과정에서 보호자는 말로 다할 수 없는 복합적인 감정들을 마주하게 됩니다. 안쓰러움과 연민, 때로는 속상함과 막막함, 다가올 이별에 대한 두려움과 죄책감이 뒤섞여 마음을 흔듭니다. 식사를 거부하거나 밤에 잠 못 들고 불안해하는 반려견을 보며 무력감을 느끼기도 합니다. 이때 중요한 것은 이러한 자신의 감정을 회피하거나 부정하지 않고, '자기자비'의 태도로 품어주는 것입니다. "나도 지금 충분히 힘들구나." "이것은 내가 사랑한 증거다."라고 스스로에게 말을 건네보세요. 이 감정들 역시 무상無常하여, 영원히 머무르지 않고 흐르고 변한다는 사실을 인지하는 것이 중요합니다. 이처럼 자신의 고통과 감정을 있는 그대로 인정하는 것이야말로 타자를 온전히 돌볼 수 있는 내면의 힘을 길러줍니다.

노견의 삶의 질을 높이기 위한 책임감은 구체적 실천으로 드러납니다. 먼저 물리적 환경을 정비하시는 것을 권합니다. 미끄럼 방지 매트를 깔아 관절 부담을 줄이고, 경사로를 설치해 계단을 오르내리기 쉽게 마련해 보는 것은 어떨까요? 잠자리는 부드럽고 따뜻한 것으로 바꾸고, 물그릇과 밥그릇은 접근하기 쉬운 위치에 여러 개 두는 것이 좋습니다. 밤에 불안해하면 작은 무드등을 켜주거나 조용한 클래식 음악을 들려주는 것도 안정에 도움이 될 수 있습니다.

식단 관리 또한 중요합니다. 소화하기 쉬운 부드러운 유동식이나 노령견 전용 사료로 바꾸고, 충분한 수분 섭취를 돕기 위해 물에 습식 사료를 섞어주거나 직접 손으로 먹여주는 정성이 필요합니다. 정기적인 검진은 필수적입니다. 노견은 갑작스럽게 건강이 악화될 수 있으므로, 통증 관리와 삶의 질을 최우선으로 고려하는 노견 전문 수의사와 꾸준히 상담하며 최적의 돌봄 계획을 세우는 것이 좋겠습니다.

노견과의 소통에서는 '함께 나누면 좋을 언어들'이 특히 중요합니다. 그들은 말로 우리의 말을 이해하지 못하지만, 목소리 톤과 표정, 손길과 태도는 정확히 읽어냅니다. 목소리는 낮고 부드럽게 유지하고, 불안해할 때는 조용히 이름을 불러주며 "괜찮아, 엄마/아빠가 여기 있어.", "사랑해, 네가 최고야." 같은 따뜻한 말을 반복적으로 건네주시는 것을 권합니다. 조용히 곁에 앉아 눈을 맞추고, 어깨나 등을 가볍게 쓰다듬는 물리적 접촉은 그 어떤 약보다 큰 위안이 됩니다. 이런 말과 행동은 반려견에게 안정감을 주고, 보호자 자신에게도 자비심을 일깨우는 수행이 됩니다.

더 깊은 책임감은 삶의 마무리 단계에서 요구됩니다. 반려견의 삶의 질이 현저히 떨어지고 고통이 지속될 때, 안락사라는 가장 어려운 결정 앞에 놓입니다. 자비로운 결정일 수 있습니다. 이 과정에서 보호자는 스스로에게 극심한 죄책감을 느낄 수 있습니다. 이때 불교의 무아無我적 통찰이 필요합니다. 안락사는 단지 보호자의 결정만이 아니라 반려견의 고통, 수의학적 한계, 환경적 요인 등 여러 조건이 얽혀 내린 복합적 판단의 결과임을 인정해야 합니다. 자신의 죄책감만을 기준으로 삼지 마시고, 오직 동물의 고통 경감과 품위 있는 마무리를 최우선에 두는 자비심으로 결정을 내리시는 것이 중요합니다.

노견과의 시간은 우리에게 무상無常의 진리를 가장 깊이 체험하게 합니다. 모든 생명은 끊임없이 변화하며, 언젠가 인연이 다해 이별하게 된다는 것을 직접 목격합니다. 이별을 앞두고 감정을 억누르거나 회피하는 대신, 그 변화를 있는 그대로 받아들이고 함께 머무는 연습을 이어가는 것을 권합니다.

노견과의 동행은 우리 내면의 자비심과 인내를 연마하는 가장 깊은 수행입니다. 이 과정에서 얻는 깨달음은 단순한 돌봄을 넘어, 다른 생명과 공동체를 향한 더 넓고 깊은 연민과 책임감으로 확장됩니다. 그들의 마지막 순간까지 존엄을 지켜주는 노력은, 결국 우리 자신의 삶을 더욱 성숙하고 자비롭게 만드는 소중한 길입니다. 이 길을 걷는 동안 우리는 기쁨만큼이나 아픔과 불안, 그리고 무력감 같은 복합적인 감정들을 마주하게 됩니다. 선명상은 바로 이러한 감정의 파고 속에서 흔들리지 않고 중심을 잡으며, '지금 이 순간'에 온전히 머무르는 연습을 돕습니다.

매일 걸었던 길이 낯설게 느껴지고 짧은 숨소리 하나하나가 무겁게 들리는 순간, 억지로 붙잡지 않고 성급히 덮어두려 하지 않으며 다만 함께 숨 쉬는 태도는 이별을 수행으로 바꾸는 길입니다. 반려견이 더 이상 걷지 못하는 날, 함께 앉아 하늘을 보는 것만으로 충분할 때가 있습니다. 그 시간 동안 눈을 바라보고 몸을 어루만져주는 행위는 어떤 거대한 말보다 깊은 회향의 의식이 됩니다. '더 이상 해 줄 수 있는 것이 없다.'는 무력감 속에서도 '지금까지 함께 했던 모든 시간이 공덕이었다.'는 감사로 전환될 때, 이별은 상처가 아니라 회향이 됩니다.

이 경험은 개인적 치유를 넘어 사회적·윤리적 성찰로 이어집니다. 반려문화가 '애완'에서 '반려'로 변화해 온 것은 단어의 변화가 아니라 관계의 질이 달라졌음을 의미합니다. 반려견과의 교감은 생명에 대한 감수성을 키워 사회적 연민으로 확장될 수 있습니다. 병원이나 요양 시설에서 반려동물과의 교감치료가 마음을 여는 사례들이 그러하듯, 작은 존재와의 교류는 인간의 닫힌 마음을 열고 상처를 녹이는 힘이 있습니다. 반려견과의 일상적 교감이 쌓여 돌봄의 윤리와 생명 존중의 태도로 이어질 때, 그 영향은 가정과 공동체의 치유로 퍼져갑니다.

노견을 돌보는 일은 단순한 의무를 넘어,
그들의 느려진 걸음과 희미해진 눈빛, 차가워진 체온 속에서
삶의 유한함을 받아들이고, 그럼에도 불구하고
변함없는 사랑을 전하는 수행의 본질과도 같습니다.

생명 존중과 공공성

오늘날 반려문화의 변화는 더 이상 개인적 취향의 문제가 아닙니다. 팬데믹으로 인한 단절과 고립의 경험은 우리에게 '연결'과 '돌봄'의 가치를 절실히 일깨웠고, 그 한가운데에 반려동물, 특히 반려견이 있었습니다. 외부와의 접촉이 제한되던 시기, 반려견은 말없이 곁을 지키며 불안과 외로움을 누그러뜨리는 존재로서 큰 위로가 되었고, 그 경험은 생명에 대한 감수성과 일상의 우선순위를 바꾸는 계기가 되었습니다. 이제 우리는 반려동물과의 관계에서 얻은 이 깨달음을 개인적 차원을 넘어 공공성의 문제로 확장해야 할 때에 이르렀습니다.

역사적 맥락을 보면, 과거에 개를 가축으로 기르고 식용으로 삼던 관습은 당시의 생활조건과 사회적 필요 속에서 이해될 수 있었습니다. 그러나 시대가 변했고 우리 삶과 윤리 의식이 성숙해지면서 동일한 행위가 현대사회에서는 다른 의미를 지니게 되었습니다. 이 변화는 단순히 규범의 재배치가 아니라, 생명에 대한 근본적 이해의 전환입니다. 불교의 가르침인 『법구경』의 "모든 존재는 죽음을 두려워한다."는 호소, 불교 경전이 전하는 상호의존과 평등의 통찰은 바로 이런 전환을 성찰하게 합니다. 즉, 어떤 존재를 '대상'으로 바라보는 시선에서 벗어나 '인연'과 '공존'의 관점으로 돌려서 바라봐야 한다는 요구입니다.

그 요구는 개인의 선택에서 제도와 문화로 이어져야 합니다. 입양의 장려, 번식업의 투명성 확보, 중성화·예방접종 캠페인과 같은 공중보건적 조치, 유기동물 보호와 펫로스 상담 체계 확충은 모두 공공적 책임의 영역입니다. 개인이 반려동물을 돌보는 태도와 행동이 존중받고 지지될 때비로소 자비의 문화가 확산됩니다. 불교는 규제만을 정답으로 보지 않습니다. 제도는 필요하나 궁극적으로는 사람들이 스스로 생명의 존엄을 이해하고 자발적으로 행동하는 문화가 형성되어야 한다고 봅니다. 제도와 내적 성찰이 함께할 때 변화는 지속 가능합니다.

또한 반려문화의 성숙은 한국의 문화적 자산을 세계로 확장하는 기회이기도 합니다. K팝이 감성과 창의성으로 세계적 공감을 얻었듯, 반려친화적 공간 설계, 반려인 교육, 생명 존중을 주제로 한 문화 콘텐츠는 한국적 감수성을 담아 글로벌한 영향을 만들 잠재력을 지닙니다. 이미 반려동물 영화제, 동반 전시, 반려인 페스티벌 등이 등장하며 문화적 실험을 하고 있고, 건강 모니터링 기기·감정 인식 기술·스마트 케어 앱 같은 기술은 복지와 소통을 지원하는 도구로 작용합니다. 기술과 윤리의 결합은 반려문화를 단순한 소비 트렌드가 아니라 지속 가능한 공존 모델로 발전시키는 기반이 됩니다.

교육과 공동체의 역할도 중요합니다. 아이들과 청소년이

반려동물과 함께 자라며 공감능력과 생명윤리를 자연스럽게 배우도록 교육 프로그램을 개발하는 일, 지역사회에서 반려동물 복지와 펫로스 지원을 책임지는 네트워크를 구축하는 일은 사회적 연대의 실천입니다. 이러한 교육과 제도는 개인의 돌봄 능력을 높일 뿐 아니라 사회 전체의 감수성을 키워 더 포용적인 공동체를 만드는 데 기여합니다.

결국 생명 존중과 공공성은 개인의 자비를 넘어서 제도와 문화, 기술과 교육이 결합하여 구현되는 가치입니다. 반려견과의 일상에서 실천하는 작은 손길들이 모여 정책과 문화로 연결될 때, 우리 사회는 더 안전하고 존엄한 반려문화를 구축할 수 있습니다. 다음 장에서는 이러한 개인적·제도적 실천을 불교 윤리의 언어로 구체화하고, 일상에서 바로 적용할 수 있는 방법들을 제안하겠습니다. 작은 자비가 모여 큰 문화를 바꾼다는 믿음으로 함께 걸어가겠습니다.

2장

불교적 관점에서
마음의 상처를 읽다

"내가 더 신경 썼어야 했어"
마음의 상처를 읽다

연기의 눈으로 본 관계

우리가 반려견과 나눈 시간과 감정은 단순한 우연의 산물이 아닙니다. 불교의 연기緣起라는 말은 모든 존재가 서로 얽혀 일어남을 가리킵니다. 한 생의 사건은 수많은 인연과 조건이 맞물려 발생하고, 한 번의 만남 또한 여러 갈래의 인연이 모여 빚어낸 결과입니다. 그러므로 반려견과의 만남을 단순히 '내가 키우기로 선택한 동물'이라는 관점으로만 보지 않을 때, 그 관계는 전생과 현생을 관통하는 더 깊은 맥락을 지닌 한 흐름으로 확장됩니다. 이 관점은 펫로스의 아픔을 단순히 개인의 약함이나 과도한 감정으로 치부하지 않게 해 주며, 상실을 관계적·윤리적 사건으로 읽도록 하는 길잡이가 됩니다.

연기의 관점에서 보면 '나'와 '반려견'은 독립된 고정된 실체가 아니라 서로 관계 맺음 속에서 드러나는 존재 양상입니다. 반려견의 행동과 상태는 우리의 생활습관, 먹이 선택, 산책 패턴, 감정적 반응, 사회적 환경 등 다양한 조건들과 맞물려서 드러납니다. 반대로 우리의 감정과 행동 역시 반려견의 반응에 의해 형성됩니다. 이런 상호의존성을 이해하면 애착과 상실의 고통은 단지 한쪽의 상실로 끝나는 일이 아니라 상호작용의 흐름이 깨지는 사건으로 보입니다. 즉, 펫로스는 고립된 심리적 사건이 아니라, 서로 얽혀 있던 인연의 한 부분이 끊어지거나 변형되는 경험입니다. 이 사실을 받아들이는 것 자체가 애도의 첫걸음이 됩니다.

상실의 아픔을 관계적 맥락으로 읽는다는 말은, 그 아픔의 의미를 확장시켜 줍니다. 단지 '내가 사랑했던 존재가 사라졌다.'는 진술을 넘어서서 '우리가 함께 쌓아 온 일상의 리듬, 보살핌의 행위들, 상호 의존의 패턴들이 변했다.'는 인식으로 옮겨 갑니다. 매일의 식사 준비, 산책, 잠자리의 접촉 같은 반복적 의례들이 사라지거나 달라지는 순간, 일상의 구조 자체가 흔들립니다. 연기론은 이러한 구조의 변화가 왜 그토록 깊은 공허와 불안을 일으키는지를 설명해 줍니다. 우리가 느끼는 허전함은 단순히 감정의 반응이 아니라 '관계의 네트워크'가 일시적으로 균열 나는 일을 몸으로 체험하는 것입니다.

또한 연기는 과거와 현재가 분리된 것이 아님을 알려 줍니다. 우리가 지금 반려견과 맺은 인연이 이전의 행위와 선택, 심지어 이전 생의 작용까지의 연쇄로 이어질 수 있다는 전통적 이해는, 반려견과의 관계에 윤리적·영적 무게를 부여합니다. 이는 책임의식을 확장시키는 방식으로 작동합니다. 즉, 반려견을 돌보고 사랑하는 행위는 단지 현재의 감정적 만족을 넘어서서, 지금의 행동이 미래의 조건을 만들고 다시 우리에게 돌아온다는 업業의 관점과 연결됩니다. 이런 시선은 반려견과의 이별을 단순한 개인적 손실로만 보지 않고, 삶의 연속성과 업의 맥락에서 성찰하도록 도와 줍니다.

연기의 관점은 또한 슬픔을 해석하는 틀을 부드럽게 만듭니다. 우리가 느끼는 죄책감, 분노, 억울함, 공허는 모두 관계가 깨어지면서 일어나는 다양한 반응입니다. 예컨대 갑자기 찾아온 병이나 사고로 반려견을 잃었을 때, 우리는 '왜 더 빨리 알아채지 못했을까.' 하는 자책을 하게 됩니다. 그러나 연기에 대한 이해는 단순한 원인-결과의 고정된 틀을 넘어 다중의 조건들이 함께 작용했음을 상기시켜 줍니다. 병의 발현, 환경적 요인, 우리의 인식과 선택, 때로는 수의학적 한계까지—이 모든 것이 맞물려 일어난 일임을 인정하면 '나만의 실패'라는 자책에서 조금씩 벗어날 수 있습니다. 이 인식은 자책을 완화하고 자기 자신에게 자비를 베푸는 출발점이 됩니다.

한편, 연기의 눈으로 보면 애도의 과정 자체가 연속적인 실천의 장입니다. 이별을 겪은 후 우리가 하는 기억하기, 장례 의식, 작은 추모 행위들은 단순한 감정의 발산을 넘

반려견과의 관계는 여러 인연이 얽힌 연기의 결과이며,
상실은 단순한 손실이 아니라 관계의 흐름이 깨진 경험입니다.
자책 대신 조건들의 결과로 받아들이고,
기억과 작은 의례를 통해 관계를 이어 가며 회복과 존중을 실천할 수 있습니다.

어 관계를 새로운 방식으로 재구성하는 행위입니다. 장례 의식에서 흘린 눈물, 조심스러운 사진첩 정리, 산책길에 놓아둔 작은 흔적—이 모두가 끊어진 인연의 흐름을 다른 방식으로 이어 주는 자투리 연결이 될 수 있습니다. 불교적인 맥락에서 말하자면, 이러한 행위는 공덕을 쌓는 일이며, 상실을 회향廻向으로 전환시키는 실천입니다. 즉, 우리가 반려견을 위해 하는 사소한 의례들이 결국 우리의 심리적 회복과 더불어 반려견의 삶에 대한 존중과 기억을 지속시키는 방법이 됩니다.

연기는 또한 우리의 슬픔을 시간의 흐름 속에서 자리매김하게 합니다. 상실의 아픔은 처음엔 날카롭고 숨 막히지만, 시간이 흐르면서 감정의 강도와 양상이 변합니다. 이 변화는 연기론이 말하는 "모든 것이 변화하고 상호작용한다."는 원리와 맞닿아 있습니다. 감정은 고정된 실체가 아니며, 인식과 환경의 변화, 지원 네트워크의 존재에 따라 달라집니다. 그러므로 슬픔의 시간표를 타인이나 사회의 규범에 맞추려 하기보다, 자신의 리듬을 존중하며 서서히 변화해 가는 과정으로 받아들이는 것이 중요합니다.

마지막으로 연기의 이해는 우리가 반려견과의 관계를 통해 성장할 가능성도 열어 줍니다. 상실은 관계의 끝처럼 보이지만, 그 안에 남겨진 인연의 흔적은 새로운 자비와 연민의 실천으로 이어질 수 있습니다. 반려견을 돌보며 길러진 세심함과 책임감은 타인과의 관계, 더 넓은 생명에 대한 태도로 확장될 수 있으며, 반려견과 나눈 시간 동안 쌓인 공덕은 우리의 삶과 사회에 긍정적인 영향을 미칠 수 있습니다. 연기의 눈으로 상실을 읽을 때, 우리는 그 고통을 단지 지워 버려야 할 부정적 경험이 아니라, 성찰과 자비로 가꾸어야 할 귀한 자산으로 전환할 수 있습니다.

이렇게 연기의 관점은 펫로스의 아픔을 개인적 약점의 문제로 환원하지 않고, 관계의 복잡성과 인과의 그물망 속에서 이해하도록 돕습니다. 그리하여 상실의 순간에도 우리는 자신과 반려견이 맺어 온 인연의 깊이를 확인하고, 슬품을 통해 연민과 자비를 더 깊이 실천하는 길로 나아갈 수 있게 됩니다.

무아와 동일시의 오류

사랑하는 존재를 잃었을 때 찾아오는 무게는, 대개 스스로를 책망하는 말들에서 더 커집니다. "내가 더 신경 썼어야 했다.", "내가 지켰어야 했다." 같은 말들이 마음을 찌릅니다. 그 말들의 뿌리는 대개 '내가 곧 나다.'라는 잘못된 확신, 곧 영구한 자아에 대한 집착에서 발생합니다. 불교에서 무아無我란 바로 그 집착을 내려놓으라는 가르침입니다. 나와 역할, 감정과 기억을 한 덩어리로 고정해 버리면, 작은 실수 하나에도 온 존재가 흔들리게 됩니다. 반려견을 돌보던 '주인'의 모습도 그렇습니다. 그 역할이 전부인 것처럼 자신을 묶어 두면, 끝내 일어난 일을 모두 혼자 짊어져야 한다는 괴로움이 옵니다.

무아의 눈으로 보면 '나는 주인이다', '나는 보호자여야 한다.'라는 말은 참이지만 절대적인 진리가 아닙니다. 그 말은 수많은 조건과 인연 가운데 드러난 하나의 양상일 뿐입니다. 반려견의 병이나 사고는 단 하나의 원인이 아니라 여러 인연이 얽혀서 일어난 일입니다. 날씨와 유전, 이전의 경험, 환경, 수의사의 판단, 우리가 미처 알지 못한 여러 사정이 함께 모여 결국 그런 결과를 낳습니다. 이러함을 인정할 때, "모든 책임이 내게만 있다."라는 식의 가혹한 판단에서 한발 물러설 수 있습니다.

구체적으로는 이렇게 해 보시길 권합니다. 감정이 솟구칠 때 '지금 느끼는 이 마음'과 그 뒤에 붙는 '이야기(해석)'를 분리해 보십시오. 예컨대 크게 울다가 "내 탓이야."라는 생각이 슬며시 올라올 때, 그 생각을 곧바로 나로 받아들이지 말고 "아, 지금은 '내 탓'이라는 이야기가 나오는구나." 하고 한걸음 떨어져 바라보는 것입니다. 이 훈련은 호흡에 닿아 있습니다. 호흡을 따라가면 슬픔이 만들어 낸 이야기와 그 아래 흐르는 본래의 아픔을 구별하기 쉬워집니다.

또 현실의 조건들을 하나하나 짚어 보는 일도 도움이 됩니다. 병의 징후가 언제부터였는지, 치료는 어떻게 진행되었는지, 수의사의 소견은 무엇이었는지 등을 적어 보면 한 사건을 '나의 실패'로만 환원하기 어렵습니다. 원인을 다층적으로 보는 것은 변명이나 회피가 아니라 사실을 바로 보는 지혜입니다. 그 지혜는 자기 비난을 누그러뜨리고, 필요한 배움과 실천을 남김없이 하도록 합니다.

추억과 역할을 같이 묶어 버리는 습관도 조심해야 합니다. "나는 이만큼 사랑했으니 괜찮다." 또는 "더 잘할 수 있었는데."라는 식의 동일시는 기억을 재판정하게 만듭니다. 기억은 감사의 보물이고 공덕의 흔적입니다. 사진을 정리하거나 추모를 할 때, 그 시간을 평가의 장으로 만들지 말고 감사와 존중의 자리로 삼으면 됩니다. 기억은 있는 그대로 간직하되 그것으로 자신을 심판하지 않는 연습이 필요합니다.

사랑하는 이를 잃었을 때 자기 비난은 자아 집착에서 옵니다.
무아의 눈으로 바라보면, 사건은 여러 인연과 조건이 얽힌 결과일 뿐이며,
자기 비난에서 한발 물러설 수 있습니다.
호흡과 기억으로 슬픔을 느끼고,
자신과 주변에게 자비를 베풀며 애도하면, 치유가 시작됩니다.

혼자의 짐처럼 느껴질 때는 주변과 나누십시오. 가족이나 친구, 수의사, 반려인을 아는 분들과 이야기를 나누면 자기만의 해석이 완화됩니다. 이야기를 나누며 다듬어지는 이해는 누군가의 작은 위로나 조언으로 이어지고, 그로 인해 애도의 과정은 덜 고립된 길이 됩니다. 함께 울고 함께 기억하는 것이 곧 자비가 되어 돌아옵니다.

무아의 실천은 또한 책임을 없애려는 것이 아닙니다. 오히려 책임을 더 정확히 세우게 합니다. "최선을 다했다."라는 말이 공허한 위안이 되지 않으려면, 어떤 순간에 어떤 선택을 했는지, 무엇을 바꿀 수 있었는지 구체적으로 돌아보는 것이 필요합니다. 그 과정에서 배우고 실천하는 태도는 과거를 미화하거나 자책으로 얼룩지지 않게 합니다.

그리고 무엇보다 자신에게 자비를 베푸십시오. 자신을 꾸짖는 말 대신 부드러운 말을 자주 건네 보세요. "네가 느끼는 슬픔은 당연하다.", "너는 최선을 다했다." 같은 문장을 호흡에 맞춰 천천히 되뇌어 봅니다. 그것이 수행의 한 형태입니다. 울음도 명상이고, 가만히 앉아 있는 시간도 수행입니다. 그렇게 자비를 반복하다 보면, 무아의 깨달음은 머릿속 이론이 아니라 살갗에 닿는 체험이 됩니다.

무아는 우리를 방관자로 만들지 않습니다. 오히려 더 넓은 시야로 행동하게 합니다. 자신을 한 역할에 가두지 않을 때, 우리는 더 분별 있게 생각하여 올바른 선택을 할 수 있고, 그 선택은 더 깊은 연민과 책임으로 이어집니다. 반려견과의 이별 앞에서 무아를 기르는 일은, 결국 자신과 반려견에게 모두 자비로워지는 길입니다.

법구경의 평등함과 자비정신

무아無我의 깊은 통찰이 우리에게 책임과 사랑의 태도를 설득력 있게 제시하는 것이라면, 『법구경』은 그 이상을 보여 줍니다. 이 경전은 부처님 말씀의 핵심인 '모든 존재는 평등하게 존중받아야 함'을 명료하게 보여 주는 지침서입니다. 특히 "모든 존재는 처벌을 두려워하고, 죽음을 두려워한다."(Dhammapada 129-130)는 구절은, 단순한 본능적 두려움 이상의 의미를 내포합니다. 모든 생명은 고통과 두려움의 체험 속에 있으며, 이는 인간뿐 아니라 동물, 자연의 모든 생명이 공유하는 본질적 공통점입니다.

"모든 존재가 서로를 위해 존재한다."는 관점은, 존재 자체가 하나의 연속된 흐름임을 보여 주는 중요한 교훈입니다. 즉, 우리는 다른 생명을 돌볼 때, 그 존재의 고유함과 두려움, 고통을 있는 그대로 인정하고 수용하는 태도를 배워야 합니다. 이것이 바로 진정한 자비의 실천이며, 수행의 깊은 의미입니다. 이러한 태도는 '경계심'이나 '두려움'이 아닌, 존중과 연민의 마음에서 비롯됩니다. 『법구경』에는 "모든 존재의 마음이 바른 곳에 머무른다면, 그들의 삶은 평화로워지고, 선한 행동이 자연스럽게 일어난다."라는 구절도 전해집니다. 이것은 단순한 태도 교정이 아니라, 인간이 자연과 생명에 대해 가지는 근본적 인식을 바탕으로 하는 '내면의 변화'와 '행동의 변화'가 얼마나 강력한 수행적 힘을 갖는지를 보여 주는 것입니다.

수행이란, '남을 배려하는 행위'에만 머무르지 않으며, '내면의 태도'를 변화시키는 작업입니다. 『법구경』에서는 "몸이 바로 가면 말도 바로 간다."고 했지만, 여기서의 '몸'과 '말'은 단순한 외적인 행동이 아닌, 태도와 의식의 일치를 의미합니다. '어떻게 하는가'는 곧 '어떻게 마음이 되는

가'와 연결되며, '진실한 자비심'은 결국 마음의 깊이에서 부터 나온 행동입니다. '작은 것이라도 정성껏 하는 행동' 이 곧 수행이고, 그 행동을 통해 '생명을 존중하는 태도'를 몸소 체득하는 것이 가치 있는 수행입니다.

또 다른 사례로 "모든 존재는 먼 길을 가는 것처럼 고통 받는 사람과 동물들의 소리를 듣고, 그 속에서 '내가 돌봐 야 할 사람과 생명임'을 깨닫는다."는 가르침이 있습니다. 『법구경』에서는 "이 세상의 모든 것은 하나로 연결되어 있 으며, 서로 의지하며 살아간다."고 명확히 말하고 있습니 다. 이는 "모든 존재의 고통을 내 것이 되어 느끼고, 그 고 통을 덜어 주는 것이 곧 수행이고 자비이며 불교적 삶의 본 질"임을 보여 줍니다. 즉, 우리가 인연을 통해 만난 생명들 은 결코 우연이 아니며, 그들과의 관계 속에서 진정한 수행 이 싹튼다는 의미입니다.

이 가르침은 단순히 자신의 이익을 넘어서, 다른 존재에 대한 진실한 배려로 확장됩니다. 『법구경』의 "모든 존재의 마음은 평등하며, 그 고통과 행복이 하나로 흐른다."는 관점이 그러하죠. '내가 아는 것보다도, 내가 느끼는 것보다도, 그 생명들이 겪는 고통과 기쁨이 서로 교류하고 섞여 있음을 깨달아야 한다.'는 깊은 통찰은, 우리 수행의 태도를 근본적으로 바꾸게 만듭니다.

또한, 『법구경』은 우리가 살아가는 세상에서 '자비심'이 어떻게 구체적 실천으로 연결되는지를 명확하게 보여줍니다. "그 한마디 한마디가 생명을 존중하는 법"이며, "작은 행동 하나하나가 큰 차이를 만든다."는 가르침은, 우리 일상의 작은 실천들이 결국 생명을 소중히 여기는 태도와 직결된다는 점을 일깨워 줍니다. 특히 반려견을 비롯한 모든 생명에 대해 '존엄과 배려'를 실천하는 것은, 바로 부처님께서 강조하신 '평등과 자비'의 실천적 모습인 셈입니다.

좀 더 깊이 들어가면, 『법구경』은 "큰 길을 걷는 사람뿐만 아니라, 작은 길에서도 큰 의미를 둘 수 있다."고 말합니다. 이는 우리 일상이 곧 수행의 장임을 보여 주는 말이며, 우리의 작은 행동 하나하나가 얼마나 고귀한 자비의 실천인지 다시금 일깨워 줍니다. 일상 속 작은 친절과 자비의 태도를 반복하면서, '내가 행하는 작은 자비'를 몸과 마음에 자연스럽게 자리 잡게 합니다. 물 한 잔 건네기, 옆에 앉아 조용히 함께 있기, 또는 반려견의 등이나 머리 안아 주기와 같은 태도들은 크고 화려하지 않더라도 진실한 마음이 깃든 '자비의 손길'입니다. 이러한 작은 행동들이 모여 세상 전체에 퍼질 때, 바로 그것이 '자비심'의 본질이며 부처님이 가르치신 '생명 존중의 태도'입니다.

이 마음가짐을 일상에서 꾸준히 실천하는 과정은, '내 마음속에 자리한 깨달음'을 일상화하는 것과 같습니다. 그것은 곧 '삶 자체를 행복으로 만드는 행위'이며, 이러한 평범한 일상 속 작은 행동들이 모여 깊은 의미를 만들어 냅니다. 『법구경』은 "모든 존재는 서로를 위해 존재하며, 서로의 고통과 희망 속에서 세상이 돌아간다."고 가르칩니다. 이 세상은 본질적으로 '상호 의존적 관계망'이고, 이 관계망 속에서 우리가 '어떻게 행동하는가'가 평생을 결정하는 수행의 길임을 다시 한번 일깨우는 가르침입니다.

결론적으로, 『법구경』이 전하는 자비와 평등의 가르침은 '그냥 듣기만 하는 교리'가 아니라, '매일의 몸과 마음의 실천'을 통해 체득하는 삶의 지혜입니다. 작은 몸짓, 작은 말 한마디, 작은 행동 하나하나가 결국 네트워크처럼 연결되어 세상 전체에 퍼지고, 우리의 삶 전체를 변화시키는 힘이 됩니다. '생명을 존중하며 살라.'는 부처님 가르침은, 오늘 이 자리에서 '생명과 함께하는 삶의 태도'를 새롭게 일깨우는 빛이 될 것입니다. 이 길은 결코 멀리 있지 않으며, 바로 지금, 여기서 시작할 수 있습니다. 그리고 그 어떤 거대한 것보다도 값지고 의미 있는 수행입니다.

『법구경』은 모든 생명이 두려움과 고통을 함께 나누는 존재임을 일깨우며,
서로를 존중하고 연민으로 대하는 것이 진정한 자비의 시작이라 말합니다.
작은 행동 하나, 따뜻한 말 한마디가 곧 수행의 길이며 세상을 평화롭게 바꾸는 힘이 됩니다.
결국 자비와 평등의 가르침은 멀리 있는 교리가 아니라,
오늘 우리의 일상 속에서 피어나는 삶의 지혜입니다.

자비의 실천적 의미

무아의 통찰과 법구경의 가르침이 자비의 태도를 이론적으로 밝혔습니다. 이제 그 자비가 실제로 어떠한 모습으로 드러나는지를 가장 생생하게 보여 주는 것이 본생담의 이야기들입니다. 본생담(자타카)은 부처님께서 깨달음을 이루기 이전 여러 생애에서 동물과 인간으로 태어나 서로를 돕고 희생하며 자비를 실천한 이야기를 전합니다. 이 이야기들은 단순한 우화가 아니라, 자비와 생명 존중이 구체적 행동으로 어떻게 구현되는지를 우리에게 가르쳐 줍니다.

가장 널리 알려진 이야기 가운데 하나는 사슴의 몸으로 태어난 이의 희생담입니다. 숲속에서 매일 사냥이 벌어지자, 사슴들은 스스로 돌아가며 죽음을 맞기로 합니다. 임신

한 암사슴의 차례가 되었을 때, 대신 나선 이는 자신을 바쳐 동료를 살리고자 합니다. 그 헌신을 본 이는 마음이 움직여 사냥을 멈추고 숲의 생명들을 보호하게 됩니다. 이 일화는 자비가 단지 개인의 감정이 아니라 공동체의 태도와 제도까지 바꾸는 힘이 있음을 상징적으로 보여 줍니다.

또 다른 본생담에는 원숭이로 태어난 이가 동료들의 탈출을 돕기 위해 자신의 몸을 다리처럼 사용하는 이야기가 전해집니다. 그 용기와 희생을 목격한 인간은 비로소 자연을 파괴하는 행위를 멈추고 생명을 보호하겠다고 결심합니다. 이러한 전승들은 인간의 탐욕과 무지로 인한 폭력이 자비와 용기로 제어될 수 있음을, 그리고 종種을 넘어선 연민이 실제 세상을 변화시킬 수 있음을 말해 줍니다.

본생담 전승 전반에서 반복되는 메시지는 분명합니다. '생명은 종류를 가리지 않고 존중받아야 한다.'는 원칙이야말로 불교 가르침의 핵심 실천이며, 이는 오늘의 일상에서도 그대로 적용됩니다. 반려견과 나누는 매일의 사소한 행동은 모두가 본생담이 보여 준 자비의 작은 형식입니다. 한 번의 영웅적 희생이 아니라 매일의 꾸준한 배려가 공동체의 태도를 바꾸고 더 큰 변화를 낳는다는 교훈을 이 이야기는 전합니다.

본생담의 가르침은 추상적 이념이 아니라 일상의 행동으로 이어져야 합니다. 밥을 정성스레 준비하는 손길, 산책 중 잠시 멈춰 함께 호흡을 맞추는 일, 아플 때 밤새 곁을 지키는 자세 등 일상의 모든 사소한 행위가 곧 자비의 실천입니다. 반려견의 두려움에 귀 기울이고, 자신의 분노와 죄책감을 자비로 다독이며, 타인의 무심함에 상처받았을 때도 인내로 응답하는 것은 모두 경전의 가르침을 오늘의 삶에서 살아 내는 방식입니다.

자비慈悲는 불교의 중심 가르침이자, 반려견과 함께하는 삶에서 가장 일상적이고도 핵심적인 덕목입니다. 그러나 '자비'라는 말은 때로 추상적이거나 감정적 위로로만 소비되기 쉽습니다. 반려견을 돌보는 일상에서는 자비가 구체적 행위로 구현될 때 진정한 힘을 발휘합니다. 자비는 두 갈래입니다. 타자를 향한 자비와 자신에게 베푸는 자비, 즉 자기자비입니다. 이 둘은 때로 충돌하지만 조화될 때 애도의 고통을 치유로 열어 주는 실질적 토대가 됩니다.

먼저 반려견을 향한 자비는 '감각에 대한 민감성'에서 출발합니다. 반려견의 표정·몸짓·호흡·식욕·배변의 작은 변화들을 알아차리는 것은 단순한 관찰이 아니라 고통을 감지하는 윤리적 돌봄의 출발입니다. 이를 위해 일상의 작은 의례들을 자비의 실천으로 다시 정의해 보십시오. 아침에 그릇을 놓기 전 잠깐 손을 멈추고 눈을 마주치는 일, 산책 중 반려견이 멈추면 함께 멈춰 호흡을 고르는 일, 잠자리에서 등을 가볍게 쓰다듬어 긴장을 완화해 주는 일—이 모두가 자비의 말과 행동입니다. 반복되는 의례는 반려견에게 예측 가능한 안정감을 제공하고, 주인에게는 관찰의 습관을 길러 위급 신호를 더 빨리 포착하도록 돕습니다.

둘째, 반려견을 위한 결정—치료, 진통제 사용, 수술, 안락사 등—을 내릴 때 자비는 윤리적 판단의 기준으로 작동합니다. 자비는 단순한 감정이 아니라 고통을 줄이고 존엄을 지키려는 실천적 지향입니다. 병원비와 치료 효과, 동물의 고통 수준, 회복 가능성 등을 종합해 판단할 때 자비는 "무조건 살려야 한다." 혹은 "즉시 안락사해야 한다."라는 이분법을 넘어서 균형 있는 결정을 가능하게 합니다. 수의사와 대화할 때 "이 치료가 얼마나 고통을 줄여 줄까요?", "남은 삶의 질은 어떤가요?" 같은 질문을 던지는 것이 바로 자비의 실천입니다. 결정을 내린 뒤에는 그 결과를 정직하게 마주하고 필요한 보살핌을 이어 가는 태도가 중요합니다.

셋째, 자기자비의 중요성을 잊지 마십시오. 반려견을 잃은 많은 보호자가 스스로를 혹독하게 책망합니다. '더 잘할 수 있었을 텐데'라는 생각은 인간적이지만 파괴적일 수 있습니다. 자기자비는 그런 자기 책임의 고통을 치유로 전환하는 핵심입니다. 수행적 색채를 띤 자기자비는 이 고통을 있는 그대로 받아들이고, 그 가운데서 스스로에게 부드러움을 베푸는 실천입니다. 구체적 훈련으로는 아침과 저녁 3분의 호흡으로 자신의 상태를 체크하고 부드러운 문장 되뇌기(예: "너의 슬픔은 정당하다.", "너는 최선을 다했다."), 잠자기 전 오늘 자신이 했던 돌봄 행동 하나를 떠올리며 감사로 마무리하기, 필요할 때 주저하지 않고 도움을 요청하기 등이 있습니다. 자기자비는 감정 억압이 아닌 감정 수용과 회복 행동으로 이어집니다.

넷째, 자비는 언어의 기술로도 드러납니다. 반려견에게는 말로 위로할 수 없지만, 주변 사람들에게 하는 말과 자기 자신에게 건네는 언어는 치유에 큰 영향을 미칩니다. 펫로스를 겪는 이에게 "곧 괜찮아질 거야." 같은 경솔한 위로 대신 "지금 많이 아프시겠어요. 같이 있어 드릴게요." 같은 공감의 문장을 건네는 것이 중요합니다. 스스로에게도 "네가 느끼는 슬픔은 자연스러운 반응이다."라고 반복하는 언어 습관은 죄책감의 굴레를 누그러뜨립니다. 또한 반려견에게 낮은 톤으로 이름을 불러 주고 차분히 쓰다듬는 행위는 그들 정서의 안정에 직접적 영향을 줍니다.

다섯째, 자비는 시간과 공간의 의례로 확장됩니다. 작은 추모 의식, 산책길에 놓는 꽃 한 송이, 사진첩 정리와 같은 행위들은 기억을 존중하고 관계를 언어 밖에서 이어 주는 방식입니다. 이러한 의례는 사회적으로도 애도를 표현하는 안전한 통로가 되며, 불교적 관점에서는 회향으로서 공덕으로 전환되어 상실을 단지 사적인 고통이 아니라 선행으로 바꾸는 힘을 갖습니다.

여섯째, 자비의 실천은 공동체로 확장되어야 합니다. 반려견을 잃은 이는 종종 사회적 고립을 경험합니다. 주변의 무심한 반응은 상처를 키우지만, 가족·친구·반려인 모임·수행공동체 같은 공동체가 애도의 공간을 마련하고 실질적 도움(식사·장례·산책 대행 등)을 제공하면 슬픔은 나뉘고 회복의 속도는 빨라집니다. 지역 동물병원이나 보호단체의 펫로스 상담 프로그램도 자비의 사회적 적용 예입니다. 작은 공동체의 연대는 개인의 자비를 보완해 더 큰 회복력을 만듭니다.

일곱째, 자비는 매일의 실천에서 쌓입니다. 하루 한 가지 작은 선행을 의식적으로 실천하세요. 평소보다 조금 더 오래 쓰다듬기, 물 한 컵 더 챙겨 주기처럼 사소한 행동이 쌓이면 습관이 되고 삶의 방식이 됩니다. 습관으로 자리 잡은 자비는 이별의 순간에도 자연스러운 행동으로 이어져 고통을 완화합니다.

마지막으로, 자비는 결국 자기 변화와 성장을 불러옵니다. 반려견과의 관계에서 길러진 섬세함과 책임감은 타인과 더 넓은 생명을 향한 연민으로 확장됩니다. 그러한 연민은 다시 사회를 치유하는 작은 힘이 됩니다. 불교의 가르침은 이를 단순한 덕목 수련으로 보지 않습니다. 그것은 연기의 실천이며, 모든 존재의 고통을 줄이려는 근본적 삶의 방향입니다.

결론적으로, 자비의 실천적 의미는 '느끼는 자비'에서 '하는 자비'로 이행하는 데 있습니다. 반려견 앞에서 느끼는 연민이 말·행동·의례·공동체의 실천으로 이어질 때 자비는 진정한 치유의 힘이 됩니다. 그 시작은 단순합니다. 오늘 아침 한 번 더 눈을 마주치고, 오늘 저녁 손을 더 오래 얹어 주는 것에서부터 시작됩니다.

자비는 단순한 감정이 아니라 행동과 의례로 실천될 때 힘을 발휘합니다.
반려견과의 일상에서 보여 주는 배려, 돌봄,
함께하는 순간들이 작은 자비의 구체적 표현이 됩니다.
이리한 자비는 자기 자신과 공동체까지 확장되어
슬픔을 치유하고 삶을 성장시킵니다.

펫로스의 정서 지형

반려견을 잃은 사람의 마음속에는 수많은 풍경이 겹칩니다. 공허, 분노, 부정, 죄책감, 우울—이름도 빛깔도 다른 감정들이 번갈아 밀려오고 물러갑니다. 어떤 날은 가벼운 일상에 웃다가도 문득 텅 빈 자리를 마주하고 숨이 막히고, 또 어떤 날은 분노가 치밀어 오르며 모든 것이 불공평하게 느껴집니다. 이런 감정들은 단편적이지 않습니다. 서로 뒤엉키고 겹치며 애도의 그물망을 만듭니다. 따라서 펫로스의 정서를 이해할 때는 '어떤 감정을 느끼는가.'보다 '지금 이 순간 내가 어떤 풍경 속에 서 있는가.'를 살펴보는 태도가 더 유용합니다. 아래에서는 주요 감정들을 한 장면씩 살피고, 그때마다 적용할 수 있는 간단한 불교적·심리적 대응을 제안합니다.

공허(빈자리의 무게)

공허는 가장 흔하고도 가장 무서운 감정 중 하나입니다. 하루의 리듬을 채우던 존재가 사라졌을 때, 집안의 소리와 동작이 달라지며 생겨나는 느낌입니다. 공허는 '무엇인가 없다.'는 사실을 반복적으로 확인하게 하고, 때로는 삶 전체의 의미마저 흔들리게 합니다.

불교적 관점: 무상無常의 통찰은 공허를 직면하는 데 도움을 줍니다. 모든 것이 변하고 흘러간다는 사실을 이해한다고 공허가 사라지진 않지만, 공허가 일시적 현상임을 받아들이는 연습은 가능해집니다. '지금 이 느낌도 무상하다.'고 부드럽게 되뇌며 감정의 흐름을 관찰하십시오.

심리적 대응: 일상적 구조를 다시 세우는 것이 필요합니다. 규칙적인 식사와 수면, 짧은 산책, 간단한 일과(정리·정돈·사진 정리 같은 가벼운 작업)를 반복해 작은 안정감을 회복하십시오. 공허가 클수록 작은 행동의 반복이 큰 힘이 됩니다. 또한 공허를 채우려 과도한 소비나 충동적 행동으로 도망치지 않도록 주의해야 합니다.

분노(불공평함과 배신감)

분노는 "왜 나에게 이런 일이 일어났나." 하는 질문에서 솟아납니다. 수의사에 대한 분노, 운명의 불공평성에 대한 분노, 때로는 반려견에게조차 분노를 느낄 수 있습니다. 분노는 강력한 에너지로, 잘 다루면 행동적 변화의 동력이 되기도 합니다.

불교적 관점: 분노를 억누르거나 부정하지 말고, 그 뜨거운 감정의 근원을 '나'로 귀속시키지 않고 바라보는 것이 중요합니다. 분노의 순간에 숨을 깊게 세 번 쉬고 '지금 분노가 나를 지배하고 있구나.' 하고 알아차리면, 감정과 자아를 분리하는 데 도움이 됩니다.

심리적 대응: 분노를 안전하게 표출할 방법을 찾으십시오(글 쓰기, 걷기, 강한 신체활동 등). 분노의 내용을 구체적으로 적어 보는 작업은 감정을 명료화하고, 누구를 대상으로 어떤 요구를 할 것인가를 판단하는 데 도움을 줍니다. 가능한 요구(예: 수의사에게 설명 요청, 장례 절차의 정리 등)를 실질적으로 정리해 실행으로 연결하면 분노의 에너지를 건설적으로 전환할 수 있습니다.

부정(현실 부정과 불신)

상실의 초기 반응으로 현실을 부정하는 것은 자연스럽습니다. '그냥 잠깐 눈을 감았을 뿐'이라거나 '금방 돌아올 거야.'라는 생각이 반복됩니다. 이 단계는 충격의 완충 역할을 하기도 합니다.

불교적 관점: 부정의 상태에서 억지로 현실을 밀어붙이면 정신적 저항이 생기기 쉽습니다. 부정의 마음을 판단하지 말고 '지금 나는 부정하고 있구나.' 하고 알아차리는 연습이 우선입니다. 알아차림이 곧 수용의 시작입니다.

심리적 대응: 부정 단계에서는 급격한 결정(물건 정리, 사진 폐기 등)을 피하는 것이 안전합니다. 감정이 조금 안정될 때까지 기다리고, 주변 사람들에게 상황을 알리되 중요한 결정은 시간을 두고 하십시오. 또한 현실을 받아들이

는 데 도움이 되는 작은 의식을 마련해 보세요(예: 매일 같은 시간에 1분간 사진을 보며 숨을 고르기).

죄책감(내 탓의 감정)

많은 보호자가 가장 깊이 앓는 감정은 죄책감입니다. '더 일찍 알았더라면', '다른 선택을 했더라면'이라는 생각이 반복됩니다. 죄책감은 자기반성에서 출발하지만, 때로는 과도한 스스로의 책망으로 이어집니다.

불교적 관점: 무아와 업業의 관점은 죄책감을 다루는 데 유용합니다. 사건은 다층적 인연의 결과이며, 단일행위로만 귀속시키기 어렵습니다. 자신의 역할과 선택을 겸허히 돌아보되, 모든 책임을 혼자 떠안지 않는 연습이 필요합니다.

심리적 대응: 구체적 사실 기록을 권합니다—치료 과정, 수의사의 소견, 시점별 상태 변화 등 사실을 정리하면 과도한 자기비난을 줄일 수 있습니다. 또한 용서를 구하거나 자신을 용서하는 의식을 마련하는 것도 도움이 됩니다(예: 자신에게 편지를 써서 마지막에 자비의 문구로 마무리하기).

우울(무기력과 상실의 무게)

우울은 에너지 저하, 흥미 상실, 수면·식욕 변화 등 신체적 증상으로 나타납니다. 펫로스의 우울은 삶의 작은 즐거움까지 무뎌지게 만듭니다.

불교적 관점: 우울을 '내 잘못'으로만 보지 말고, 무상과 연기의 틀 안에서 감정의 흐름으로 인정하십시오. 호흡과 몸 감각으로 돌아오는 훈련(짧은 걷기 명상, 몸 스캔)이 도

움이 됩니다.

심리적 대응: 증상이 심하면 전문적 도움을 받으십시오
(심리상담, 정신건강의학과). 일상적 처방으로는 규칙적 운
동, 하루 10분의 햇빛 노출, 간단한 루틴(샤워·간단한 가
사)부터 시작하십시오. 소소한 성취감이 쌓이면 우울의 무
게가 조금씩 가벼워집니다.

외로움(사회적 고립감)

주변 사람들은 때로 펫로스의 아픔을 과소평가하거나 이
해하지 못합니다. "동물이잖아."라는 말은 큰 상처가 되고,
그 때문에 슬픔을 감추게 되기도 합니다.

불교적 관점: 연민의 확장은 자신과 타인을 연결합니다.

외로움을 느낄 때 자기 자비를 통해 먼저 자신을 안아 주고, 그 다음 신뢰할 수 있는 사람에게 손을 내밀어 보십시오.

심리적 대응: 비슷한 경험을 나눌 수 있는 모임이나 온라인 커뮤니티(단, 안전하고 지지적인 곳)를 찾는 것이 도움이 됩니다. 또한 주변 사람들에게 직접 자신의 필요를 말해 보는 연습—"지금은 나에게 말을 많이 걸지 말아 달라." 혹은 "한 번 같이 사진을 보며 이야기해 줄래?"—은 관계를 회복시키는 실질적 방법입니다.

죄책감과 분열된 정체성

상실 후 일부는 자신이 달라졌다고 느낍니다. '나는 더 이상 같은 사람이 아니다.'라는 감각이 들 때도 있습니다. 이는 정체성의 혼란에서 오는 자연스러운 반응입니다.

불교적 관점: 무아의 통찰은 정체성의 고정성을 내려놓게 도와줍니다. 정체성의 변화를 받아들이고, 그것이 새로운 방식의 성장으로 이어질 수 있음을 열어 두십시오.

심리적 대응: 자신의 변화를 일기나 그림 등으로 표현해 보십시오. 창작적 표현은 내면의 변화를 안전하게 표출하는 통로가 되어, 혼란을 정리하고 의미를 만들어 가는 데 도움이 됩니다.

반복적 기억과 트리거(예상치 못한 폭발)

특정 향기, 소리, 장소가 갑자기 기억을 불러와 강한 슬픔을 촉발할 수 있습니다. 이런 '트리거'는 고통을 재경험하게 만들지만, 동시에 애도의 과정에서 피할 수 없는 부분입니다.

불교적 관점: 트리거를 만났을 때 즉시 저항하거나 피하기보다는 '지금 이 자극이 나를 건드리고 있구나.' 하고 알아차리는 연습이 중요합니다. 알아차림은 반응을 선택할 여지를 줍니다.

심리적 대응: 트리거를 관리하는 실용적 방법은 준비된 루틴을 갖는 것입니다(예: 갑자기 울음이 나올 것 같을 때 숨 5회 천천히 쉬기, 근처 카페로 이동해 따뜻한 차 마시기). 또한 트리거를 다루는 노력을 기록해 두면 시간이 지남에 따라 반응이 어떻게 변하는지 볼 수 있습니다.

혼재된 감정의 수용(모든 감정은 동시에 와도 된다)

애도의 과정에서는 여러 감정이 동시에 밀려옵니다. 분노와 사랑, 안도와 죄책감이 같은 순간 공존할 수 있습니다.

이를 부정하지 말고, 오히려 '지금 내 안에서는 이런 여러 감정이 함께 일어나고 있구나.' 하고 받아들이는 태도가 필요합니다.

불교적 관점: 마음챙김(명확한 알아차림)은 혼재된 감정을 환대하는 실천입니다. 판단 없이 감정을 바라보면, 그 감정들은 서서히 제자리를 찾아갑니다.

심리적 대응: 감정의 목록을 적어 보는 것이 도움이 됩니다. '지금 느끼는 감정'을 이름 붙이면 감정의 강도와 패턴을 파악할 수 있고, 어떤 순간에 어떤 지원이 필요한지 더 명확해집니다.

펫로스는 공허, 분노, 부정, 죄책감, 우울, 외로움 등
여러 감정이 뒤엉켜 나타나는 복합적 경험입니다.
불교적·심리적 관점에서는 감정을 억누르기보다 알아차리고 수용하며,
작은 일상과 의식을 통해 안정감을 회복하는 것이 중요합니다.
트리거나 혼재된 감정도 자연스러운 과정으로 받아들이고,
기록이나 표현을 통해 내면을 정리하며 치유할 수 있습니다.

특별한 인연, 일상의 수행

연기와 무아의 통찰을 이론으로 음미한 뒤, 삶에서 그 지혜가 어떻게 실현되는지를 가장 설득력 있게 보여 주는 것은 개인적 체험입니다. 저에게는 '세콤'이라는 반려견과의 만남을 통해 실현되었습니다. 세콤을 처음 만난 것은 우연에 가까웠습니다. 거리에서 스쳐 지나간 유기견일 수도, 보호소에서 우연히 눈이 마주친 존재일 수도 있었을 그 만남은 어느새 오래된 인연처럼 제 삶을 바꿔 놓았습니다. 그의 깊고 맑은 눈빛은 말보다 먼저 다가와 설명할 수 없는 평온과 연결을 주었고, 그 순간 저는 이 만남이 단순한 선택 이상의 무엇임을 느꼈습니다.

세콤은 스탠더드 푸들의 큰 체구를 가졌지만, 무엇보다

그 눈빛의 투명함이 인상적이었습니다. 내가 먼저 손을 내밀기 전, 그는 조용히 다가와 옆에 앉았고, 그 존재만으로도 위로와 안정이 되었습니다. 그런 체험은 불교가 말하는 '인연'의 감각을 삶의 피부로 깨닫게 해 주었습니다. 이 만남이 우연이라기보다 이전의 조건들과 연결된 흐름의 한 부분일 수 있다는 생각은, 반려동물을 '소유'가 아닌 '함께할 인연'으로 받아들이게 했습니다.

세콤과 함께한 나날은 평범한 일상에 의미를 불어넣었습니다. 집에 와서 문을 열면 반겨 주는 존재, 아무 말 없이 감정을 알아채고 곁에 머무는 존재. 그가 있어 반복적이던 하루는 온기로 채워졌습니다. 돌봄을 통해 저는 생명을 책임지는 일이 단지 행위의 연속이 아니라 내면을 단련하는 수행임을 배웠습니다. 매일의 작은 손길과 밤을 지새운 시간들이 쌓여 제 마음은 자비와 인내로 단단해졌습니다.

입양은 또 다른 결단이었습니다. 한 생명의 전 생애를 책임지겠다는 약속은 쉽지 않은 선택입니다. 반려견은 자기 스스로 삶의 조건을 선택할 수 없기에, 우리 선택의 무게는 더 큽니다. 저는 스스로에게 물었습니다. "이 생명을 끝까지 돌볼 수 있는가?" 그 질문은 책임의식을 불러왔고, 그 선택은 곧 수행적 삶의 한 방식으로 자리했습니다. 입양은 단순한 개인적 기쁨을 넘어, 공동체에 생명 존중의 가치를 전파하는 행동이기도 합니다.

세콤과의 인연은 연기緣起와 업業의 가르침을 체감하게 해 주었습니다. 우리가 만나는 존재들은 과거의 조건과 얽혀 현재로 이어지며, 우리가 보여 주는 태도와 행동은 다시 미래의 인연을 엮습니다. 따라서 반려동물을 대하는 태도는 개인적 윤리의 문제를 넘어 삶 전체의 방향을 바꾸는 수행적 선택입니다. 세콤이 제게 남긴 가르침은 작지만 강력했습니다. 매일의 손길이 곧 수행이고, 매일의 자비가 삶을 비추는 등불이라는 사실입니다.

이제 우리는 이 개인적 체험의 울림을 바탕으로, 불교 윤리가 요구하는 구체적 돌봄의 원칙과 실천으로 들어가려 합

니다. 세콤과의 시간에서 배운 자비와 책임의 감각이 곧 실
천의 출발점이 되기를 바라며, 다음 장에서는 그 실천의 원
리들을 일상과 공동체에서 어떻게 펼칠지 구체적으로 살펴
보겠습니다.

불교 윤리로 읽는 반려동물 돌봄

불교적 윤리와 계율은 먼 이론이 아니라, 매일의 선택과 태도로 구체화되는 생활의 지침입니다. 반려동물을 맞이하는 순간부터 우리는 이미 한 생명에 대한 도덕적 약속을 맺는 셈입니다. 단지 귀여움이나 편의로 동물을 들이는 것이 아니라, 그 존재가 필요로 하는 시간과 자원, 정서적 돌봄을 감당하겠다는 결단이 우선되어야 합니다. 따라서 입양 단계에서부터 번식업체의 과잉생산을 피하고, 보호소 입양이나 책임 있는 브리더를 찾는 일은 단순한 취향 선택을 넘어 윤리적 실천입니다. 이는 한 생명과의 긴 연속을 기꺼이 받아들이는 태도의 표현이며, 불교의 말로는 작은 업을 몸으로 짓는 일입니다.

집으로 들인 뒤의 돌봄은 더 섬세해야 합니다. 음식·운동·예방의료 같은 신체적 요구를 충족하는 일은 기본의무입니다. 그 위에 정서적 요구—사회적 교감, 놀이, 예측 가능한 루틴—에 대한 세심한 배려가 더해져야 비로소 진정한 복지가 성립합니다. 규칙적인 산책과 놀이, 안정된 일상은 반려견의 불안을 줄이고 문제 행동 발생을 예방합니다. 아플 때는 수의사와의 소통을 열어 두고, 통증 관리와 삶의 질을 기준으로 치료 계획을 세우십시오. 고통을 길게 방치하거나 자신의 감정적 부담 때문에 결정을 미루는 것은 자비에 반대되는 행동입니다. 때로는 치료가 오히려 고통을 연장할 수 있고, 그런 경우 품위 있는 마무리를 논의하는 것이 동물에게 진정한 자비일 수 있습니다. 안락사 결정을 논할 때는 자신의 죄책감을 기준으로 삼지 말고, 동물의 현재 고통과 남은 삶의 질을 중심에 두고 가족과 수의사와 충분히 소통하십시오.

관찰과 언어의 윤리도 중요합니다. 동물은 말이 아닌 몸으로 신호를 보냅니다. 주인은 그 신호를 읽는 훈련을 해야 하고, 반응은 즉각적이며 부드러워야 합니다. 속상하거나 분노가 치밀어 오를 때 체벌이나 강압적 방식에 의존하면 신뢰는 깨지고 오히려 더 큰 고통을 낳습니다. 훈련은 보상과 일관성에 기반해야 하며, 주인의 불안이나 분노가 훈련 방식에 섞이지 않도록 스스로를 점검하는 습관이 필요합니다. 동물이 보여 주는 미세한 변화—식욕 감소, 귀의 각도, 꼬리의 리듬—를 관찰해 적절한 돌봄을 즉시 제공하는 일은 자비의 구체적 표현입니다. 또한 펫로스나 돌봄의 어려움을 타인과 나눌 때 사용하는 언어는 공동체 반응을 좌우합니다. 경솔한 표현이나 휘둘리는 표현 대신 "지금은 도움이 필요하다."처럼 구체적 요청을 하는 말이 주변의 공감과 실질적 지원을 끌어냅니다.

이러한 개인적 실천은 곧 공동체적 책임으로 확장되어야 합니다. 반려문화의 윤리적 전환은 개인의 결단만으로 완성되지 않습니다. 지역 보호단체에 기부하거나 자원봉사로 참여하고, 중성화 캠페인에 동참하며, 유기동물 보호를 위한 정책 개선에 목소리를 내는 일은 불교적 자비를 사회로 확장하는 행위입니다. 예컨대 지역사회의 중성화·예방접종 지원 사업에 후원하거나 반려인 교육 프로그램을 제안하는 일은 직접적인 고통 경감으로 이어집니다. 또한 펫로스 상담 프로그램의 공적 지원을 촉구하고, 애도 문화를 촉진하는 공론장을 만드는 일도 사회적 자비의 한 방식입니다. 공동체가 돌봄의 인프라를 갖출 때 개인의 부담은 분산되고, 반려인과 반려동물 모두에게 안전한 환경이 조성됩니다.

불교적 관점은 이 모든 실천을 수행의 연장으로 보게 합니다. 밥을 준비하는 손길, 산책 중 잠깐 멈춰 호흡을 맞추는 순간, 밤중에 곁을 지키는 시간—이 모든 반복적 의례가 계율의 삶을 몸으로 체득하는 방식입니다. 이러한 소소한 의례를 통해 우리는 매일 자비를 연습하고, 그 훈련은 결국 성품의 변화로 이어집니다. 계율은 단순한 규제가 아니라 마음을 닦는 방식이며, 그 방식이 반려동물 돌봄에 적용될 때 우리는 더 깊은 연민과 책임을 몸에 새기게 됩니다. 작은 자비가 매일 쌓일 때, 그것은 개인을 넘어 공동체를 바꾸는 힘이 됩니다.

결국 불교적 윤리와 계율에 따른 동물 복지는 마음의 변화와 구체적 행동이 함께 이루어질 때 실현됩니다. 개인의 섬세한 돌봄 태도, 공동체의 제도적 뒷받침, 수행적 마음가짐이 맞물릴 때 반려문화는 더 안전하고 존엄하게 발전할 것입니다. 이 장에서 제시한 마음의 방향과 구체적 실천은, 반려견과의 관계를 통해 우리 자신과 공동체를 더욱 자비롭고 살기 좋은 곳으로 만드는 소중한 출발점이 될 것입니다.

3장

반려견과 할 수 있는 마음챙김

마음 깊은 곳에 고요한 공백
이별의 명상 - 조용한 치유의 시작

수행은 멀리 있지 않다

많은 사람이 수행이라고 하면 사찰의 고요한 법당이나 장시간 좌선하는 엄숙한 장면을 떠올립니다. 물론 그런 자리도 소중하고 필요합니다. 그러나 수행이란 결국 '마음이 깨어 있는 상태'를 일컫는 말이므로, 그것이 특정한 장소나 시간을 필요조건으로 하지는 않습니다. 반려견과 함께하는 일상 자체가 수행의 장이 될 수 있다는 깨달음은 수행을 실천 가능한 삶의 방식으로 전환시키는 열쇠입니다. 돌봄의 일상에서 반복되는 작은 행위들인 밥 주기, 목줄 채우기, 산책하기, 아픈 몸 어루만지기 등이 수행의 자재가 되며, 그 안에서 우리는 무상·연기·자비의 가르침을 직접 체험합니다.

돌봄을 수행화한다는 말은 단순히 '돌보면서 명상을 한다.'는 수준을 넘어섭니다. 그것은 돌봄의 태도를 근본적으로 전환하는 일입니다. 예컨대 밥을 줄 때 '얼마나 빨리 끝낼까.'가 아니라 '이 순간 나는 어떤 마음으로 이 생명을 바라보는가.'에 주의를 기울이는 것, 산책 중 반려견이 멈춰 냄새를 맡을 때 성급히 끌어당기지 않고 그 멈춤을 함께하는 것, 아플 때 바로 조치하는 것만큼이나 그 옆에 가만히 있어 주는 것, 이런 태도들이 돌봄의 수행적 전환을 보여 줍니다. 수행화는 행동의 내용뿐 아니라 행동을 대하는 '품'의 변화입니다. 행동은 같아도 그 안에 깃드는 마음이 달라지면 그것은 수행이 됩니다.

일상의 반복적 행위를 수행으로 바꾸는 가장 쉬운 길은 '의도'를 세우는 것입니다. 아침에 그릇을 놓기 전 짧게라도 '이 음식이 너에게 안녕을 주기를.' 하고 마음을 모으는 습관, 산책을 시작하기 전에 "오늘도 함께 걸어가자." 하고 호흡을 맞추는 짧은 의식은 큰 시간이 들지 않습니다. 그러나 이런 작은 의도들이 쌓이면 우리의 돌봄은 기계적 행위를 넘어 '깨어 있는 돌봄'이 됩니다. 의도는 거창할 필요가 없습니다. 다만 일상에서 반복되는 순간마다 '지금 이 순간'을 알아차리는 것이 핵심입니다.

또한 돌봄의 수행화는 '관찰력'의 길을 닦습니다. 반려견의 미세한 신호—귀의 각도, 꼬리의 리듬, 눈빛의 변화, 식욕의 미묘한 변화—를 알아차리는 능력은 훈련으로 길러집니다. 관찰은 단순히 정보를 수집하는 일이 아니라, 그 존재의 고유함과 고통을 존중하는 태도입니다. 관찰을 통해 우리는 반려견의 필요를 더 적시에 알아채고, 불필요한 고통을 줄일 수 있습니다. 관찰력은 또한 내 마음의 움직임을 비추는 거울이 됩니다. 반려견의 작은 변화에 마음이 흔들릴 때, 그 흔들림을 알아차리고 숨을 돌리는 훈련은 우리 자신의 수행이 됩니다.

돌봄의 수행화에서 중요한 또 한 가지는 '수행과 일의 분리'를 넘어서 '수행하는 일'로 일상을 재구성하는 것입니다. 종종 우리는 수행 시간과 생활 시간이 분리되어 있다고 생각합니다. 그러나 반려견과의 삶에서는 돌봄 자체가 심신을 돌보는 일이 됩니다. 아픈 반려견을 밤새 돌보는 행위는 그 자체로 지극한 수행입니다. 그 밤을 단순히 고된 노동으로만 보지 않고, 그 안에서 어떻게 자비를 베풀 것인지에 마음을 두는 순간, 그 밤은 수행의 시간으로 변합니다. 이는 수행자의 언어로 '일상에서의 도반 수행'이라 할 수 있습니다. 반려견은 수행의 도반이며, 돌봄은 수행의 방법입니다.

실용적 훈련으로는 몇 가지를 권합니다. 첫째, '짧은 의식' 연습입니다. 매일 일정한 시각(예: 아침 식사 전, 산책 출발 전, 잠자리 들기 전)에 1~2분 정도 호흡을 고르고 오늘의 의도를 확인하는 시간을 가집니다. 둘째, '감각의 스캔'입니다. 산책 중 3분 정도 멈춰서 반려견의 코와 발, 몸의 긴장 상태를 순서대로 확인해 보십시오. 그 확인은 수의학적 판단 대신 관찰을 통해 필요한 돌봄을 예민하게 감지하게 합니다. 셋째, '감정의 분리' 연습입니다. 돌봄 중 분노나 조급함이 올라올 때, 그 감정을 즉시 나의 감정으로 규정하지 말고 "지금 이런 감정이 일어나고 있구나." 하고 거리 두기를 하십시오. 이러한 기법들은 수행의 형식과 내용을 일상에 자연스럽게 녹여 줍니다.

돌봄의 수행화는 공동체적 실천으로 확장될 수 있습니다. 반려인을 위한 수행 모임, 산책 명상 모임, 펫로스 회복 그룹 등은 개인의 수행을 지지하고 경험을 나누며 서로의 알아차림을 넓히는 장이 됩니다. 공동체에서의 수행은 때로는 고통의 외로움을 덜어 주고, 타인의 실천을 통해 스스로의 실천을 더 단단히 세우게 합니다. 수행은 혼자의 일이 아니고, 도반과 함께할 때 그 힘이 배가됩니다. 반려견과 함께하는 수행은 결국 우리가 서로에게 도반이 되는 길이기도 합니다.

돌봄의 수행화는 윤리적 삶으로 이어집니다. 우리가 매일 실천하는 작은 자비의 행위는 업의 흐름에 영향을 미치며,

그 영향은 작은 생명들에 대한 존중과 더불어 사회적 태도의 변화를 가져옵니다. 반려문화를 돌봄의 수행으로 이해하면, 사람들의 행동 양식과 제도적 배치(예: 동물 복지 정책, 반려인 교육)가 달라질 근거가 만들어집니다. 수행의 말이 거창한 교리로만 머물지 않고, 일상의 의례와 돌봄을 통해 사회 전체의 자비로 확장될 때 진정한 변화가 일어납니다.

마지막으로 강조하고 싶은 점은 '완벽함에 대한 집착을 버리라.'는 것입니다. 돌봄의 수행은 실패와 실수가 포함된 길입니다. 때로는 늦게 알아채고, 때로는 잘못된 판단을 할 수도 있습니다. 그러나 수행은 완벽함을 전제로 하지 않습니다. 중요한 것은 실수에 머물지 않고, 그 안에서 무엇을 배우며 다음 행동을 어떻게 바꾸는가입니다. 무아의 지혜와 자비의 마음을 잃지 않는 한, 우리의 돌봄은 계속해서 수행이 됩니다.

돌봄을 수행으로 바꾸는 일은 특별한 기술보다 작은 마

음가짐의 전환에서 시작됩니다. 매일의 의례에 깨어 있고, 미세한 신호에 마음을 두며, 고통 앞에서 머무르는 연습을 이어 갈 때, 우리는 반려견과 함께 진정한 수행의 길을 걷게 됩니다. 그 길은 멀리 있지 않습니다. 지금 당장 밥그릇을 놓는 그 손길에서, 목줄을 채우는 그 잠깐에서, 함께 앉아 하늘을 바라보는 그 순간에서 시작됩니다.

돌봄을 통한 깨달음

반려견과의 돌봄을 수행의 길로 읽어 내는 일은, 단지 기술적 행위를 윤리적으로 수리하는 것에 그치지 않습니다. 그것은 우리 존재의 근본 구조를 바꾸는 철학적·정서적 전환입니다. 여기서 핵심은 세 가지 질문으로 모입니다. 나는 누구로서 돌보는가? 돌봄에 있어 무엇을 참고하는가? 돌봄의 결과는 나와 세계를 어떻게 바꾸는가? 이 질문들은 불교의 연기·무상·업·자비의 가르침과 맞닿아 있으며, 일상적 돌봄을 수행의 자리로 전환하는 깊은 통로를 제공합니다.

우선 연기緣起의 눈으로 보면 반려견과 나의 관계는 고립된 사건이 아닙니다. 우리는 서로의 호흡과 행동, 감정의 리듬 속에서 일어납니다. 반려견의 어떤 작은 몸짓이 나의 하루를 바꾸고, 내 한 번의 반응이 반려견의 안정감과 행동 패턴을 바꿉니다. 이 상호연결성은 '나'와 '너'라는 고정된 경계를 허물고, 돌봄을 단독의 행위가 아니라 상호적 그물망 속의 수행으로 드러나게 합니다. 돌봄을 통해 우리는 연기를 몸으로 이해합니다. "나는 그를 돌보고, 그는 나를 돌본다." 둘의 삶은 서로의 연장이 됩니다. 이 깨달음은 돌봄의 태도를 더 이상 자비의 감정으로만 머물게 하지 않고, 책임과 지혜가 결합된 실천적 지향으로 전환하게 합니다.

무상無常의 통찰은 돌봄의 긴장과 이별의 무게를 직시하도록 돕습니다. 반려견의 몸이 젊을 때와 늙을 때가 다르듯, 모든 상태는 흐르고 변화합니다. 무상을 체험하는 것은 슬픔을 '불가피한 악'으로만 보게 하지 않습니다. 오히려 변화의 사실을 받아들이는 연습은 돌봄의 태도를 깊게 합니다. 예컨대 반려견의 걸음이 느려질 때 우리는 더 자주 멈춰 서서 그 속도를 존중하게 되고, 그 멈춤 자체가 수행이 됩니다. 무상은 사랑을 빼앗는 냉혹한 선언이 아니라, 지금 이 순간의 소중함을 각인시키는 수행적 망치입니다. 이 깨달음은 이별의 순간에도 우리로 하여금 감정을 억누르거나 회피하지 않고, 있는 그대로 마주할 용기를 줍니다.

업의 관점은 돌봄의 윤리적 깊이를 더합니다. 우리가 반려견에게 베푸는 작은 친절과 보살핌은 단지 즉시적 효용을 넘어서 미래의 관계·정서·사회적 맥락에 작용하는 업을 만듭니다. 반려견에게 주는 돌봄이 쌓이면 그것은 반려동물과의 인연을 통해 다시 우리 자신과 공동체로 되돌아옵니다. 이는 '책임'을 단순한 의무감이 아니라 영속적 관계의 형성으로 받아들이게 합니다. 입양을 결정하는 순간, 치료 결정을 내리는 순간, 밤을 새워 돌보는 시간, 이 모든 것은 업으로 남아 우리와 다른 존재들의 삶에 지속적인 영향을 미칩니다. 업의 관점은 돌봄의 모든 선택을 무겁고 신중하게 만들지만, 동시에 그 선택들이 만들어 내는 선善의 가능성을 일깨웁니다.

자비慈悲는 이론적 가르침을 실제적 행위로 전환시키는 심장입니다. 그러나 자비는 감정의 연민만을 의미하지 않습니다. 불교적 자비는 고통을 보고 그 고통을 줄이기 위해 행동하는 역량을 포함합니다. 반려견을 보살피는 것이 자비라면, 그것은 따뜻한 접촉뿐 아니라 고통을 인식하고 적절한 조치를 취하는 능력, 그리고 어려운 결정(예: 치료의 중단, 품위 있는 마무리)을 내리는 책임감까지 포함합니다. 자비는 "그저 느끼는 것"에서 "하는 것"으로 진화해야 합니다. 선명상은 자비를 느끼는 능력을 키우고, 의식적 실천으로 옮기는 훈련입니다.

정서적 차원에서 돌봄의 수행은 슬픔과 사랑을 동시에 품는 능력을 길러 줍니다. 반려견과의 매 순간은 우리의 취약성을 드러내고, 그 취약성은 반복된 훈련을 통해 자비로 숙성됩니다. 울음은 단지 약함의 증거가 아니라 수행의 한 형태입니다. 애도의 시간 동안 우리는 자기 자신에게 우화해지는 법을 배우고, 그것이 결국 타인을 향한 자비로 흘러갑니다. 이 과정에서 '나'는 더 넓은 존재로 확장됩니다. 슬픔을 통해 우리는 더 깊은 공감 능력을 얻고, 그 능력은 공동체에서의 돌봄과 연대로 확장됩니다.

실천적 관점에서, 돌봄을 수행으로 만들려면 몇 가지 핵심 태도가 필요합니다. 첫째, '일상성의 의미화'입니다. 단순한 행위들—밥그릇을 놓는 손길, 산책에서의 멈춤, 밤중의 체온 확인—을 의미 있는 의례로 여기며, 그 행위에 마음을 기울입니다. 둘째, '관찰의 습관화'입니다. 반려견의 미세한 신호를 민감하게 느끼는 능력은 반복적 관찰로 길러지고, 이는 고통을 늦게 발견하는 것과는 다른 차원의 윤리입니다. 셋째, '공동체적 확장'입니다. 개인적 수행은 공동체적 지지 없이는 지속되기 어렵습니다. 지역 모임, 펫로스 지원, 반려인 교육 등은 개인의 실천을 사회적 변혁으로 옮기는 통로입니다. 넷째, '부드러운 자기 돌봄'입니다. 수행은 타인을 돌보는 과정에서 스스로가 소진되지 않는 법을 배우는 것입니다. 자기 연민은 지속 가능한 돌봄의 핵심입니다.

 돌봄을 수행으로 바꾸는 길은 완벽함을 요구하지 않습니다. 오히려 실수와 실패, 어색함 자체가 수행의 재료입니다. 중요한 것은 실수 앞에서 머물며 배우고, 다음 행동을 다르게 선택하는 용기입니다. 이렇게 반복되는 작은 선택의 변화가 결국 큰 마음의 변화를 가져옵니다. 돌봄은 멀리 있지 않습니다. 그것은 당장 손끝에서 시작됩니다. 숨을 고르는 그 짧은 순간 안에 수행의 전부가 놓여 있습니다.

 끝으로, 반려견과의 돌봄을 수행의 장으로 읽는 일은 우리에게 존재의 근본적 질문을 던집니다: 나는 어떤 사람으로 남고 싶은가? 어떤 삶을 향해 내 마음을 기울일 것인가? 반려견과 함께하는 매 순간의 돌봄은 그 질문에 대한 답을 매일 새롭게 쓰는 글쓰기입니다. 그 글은 결국 나와 타자, 그리고 세상을 잇는 자비의 서사로 완성될 것입니다.

돌봄은 매 순간 마음챙김으로 이어지는 수행입니다.
작은 손길과 관찰, 순간순간의 선택 속에서
우리는 자비와 책임, 무상의 깨달음을 배웁니다.
이 마음챙김이 슬픔과 사랑을 부드럽게 품어
자신과 세상을 잇는 길이 됩니다.

반려견과 함께했던 명상들

선명상禪冥想은 부처님의 가르침을 오늘날 우리의 일상에서 자연스럽게 실천할 수 있도록 고안된 명상법입니다. 이 수행의 핵심은 '지금, 바로 여기'에서 진정한 행복과 내면의 평화를 찾는 데 있습니다.

우리는 종종 과거에 대한 미련이나 후회, 미래에 대한 걱정과 불안에 사로잡혀, 현재의 소중한 순간을 온전히 경험하지 못한 채 살아가곤 합니다. 선명상은 이러한 마음의 습관을 내려놓고, '지금 이 순간'에 집중하는 법을 가르쳐 줍니다.

선명상의 역사는 멀리 부처님의 시대까지 거슬러 올라갑니다. 부처님께서는 깊은 명상 수행을 통해 깨달음을 얻으

셨고, 그 가르침은 수많은 제자와 수행자들에 의해 전해지며 다양한 형태로 발전해 왔습니다. 그 과정에서 많은 이들이 명상을 통해 내면의 번뇌를 잠재우고, 참된 평화와 자유를 경험할 수 있었습니다.

한국 불교에서도 선명상은 오랜 전통을 지니고 있습니다. 고려시대의 보조국사 지눌 스님은 간화선看話禪을 통해 선 수행의 깊이를 확장했고, 이는 지금까지도 한국 불교의 대표적인 수행법으로 이어지고 있습니다. 간화선은 특정한 화두話頭를 붙잡고 깊이 있게 참구하며 본래의 마음을 깨닫는 방식으로, 많은 수행자들이 이 방법을 통해 마음의 본성을 향해 나아가고 있습니다.

오늘날 우리의 삶은 빠르게 흘러가고, 수많은 자극과 문제 속에 노출되어 있습니다. 하루하루 쏟아지는 일과 정보, 복잡한 인간관계 속에서 마음은 자연스럽게 불안과 긴장, 피로에 휩싸이게 됩니다. 이러한 현실 속에서 우리는 점점 현재의 순간에서 멀어지고, 진정한 삶의 의미와 행복을 놓치기 쉬워집니다.

바로 이때 선명상은 우리 마음을 다시 제자리로 이끄는 소중한 수행이 됩니다. 지금 이 순간을 온전히 바라보게 하고, 삶의 본질적인 가치를 되새기며, 정신적 안정을 회복하도록 돕는 길잡이가 되어 줍니다.

특히 반려견과 함께 실천하는 선명상은 명상을 더욱 쉽고 따뜻하게 일상에 녹여 낼 수 있는 좋은 방법입니다. 반려견은 본능적으로 '지금 이 순간'을 살아가는 존재입니다. 과거나 미래에 얽매이지 않고, 있는 그대로의 시간 속에서 충만한 기쁨을 누리며 살아갑니다. 계획도, 계산도 없이 오롯이 현재를 사는 그들의 삶은, 우리에게도 많은 것을 일깨워 줍니다.

선명상은 복잡한 절차나 특별한 장소가 필요 없이, 누구나 일상 속에서 실천할 수 있습니다. 반려견과 함께 시작하면 더욱 자연스럽고 기꺼운 마음으로 명상을 이어 갈 수 있습니다.

이제부터는 삶 속에서 손쉽게 실천할 수 있는 몇 가지 선명상 방법을 소개하겠습니다.

'우선멈춤 선명상'은 바쁘고 분주한 일상 속에서 잠시 걸음을 멈추고, 지금 이 순간에 집중하여 마음을 가다듬는 실천 명상입니다. 여기서 '우선멈춤'은 단지 동작을 멈춘다는 뜻이 아니라, 불필요한 걱정과 생각을 내려놓고 나 자신의 내면을 바라보는 시간을 의미합니다.

특히 반려견과의 산책은 이 명상을 실천하기에 매우 좋은 기회입니다. 반려견은 언제나 현재를 살아가는 존재이기에, 그와 함께 걷는 시간은 자연스럽게 '지금, 여기'에 머무는 연습이 됩니다.

우리의 마음은 종종 과거에 대한 후회나 미래의 불안 속에서 헤맵니다. 그러나 삶은 오직 현재의 순간 안에서만 경험되고 변화할 수 있습니다. 우선멈춤 명상은 지금 이 순간에 귀 기울이며 살아가는 힘을 길러 줍니다. 꾸준히 실천하면 스트레스와 긴장이 누그러지고, 반려견과의 유대감도 더욱 깊어질 것입니다.

우선멈춤 선명상 실천 가이드

1) 산책 전, 마음의 준비

집을 나서기 전, 잠시 멈추어 서서 천천히 세 번 깊게 숨을 들이마시고 내쉽니다. 반려견을 바라보며 "지금 이 순간, 함께 있음에 감사합니다."라는 마음을 품습니다.

2) 산책 시작 전, 주변을 느끼기

산책 장소에 도착하면 바로 걷기보다 잠시 멈춰 서서, 하늘과 나무, 바람과 햇살 등을 천천히 바라보며 자연과 연결되는 느낌을 가져 봅니다.

3) 천천히 걷기, 감각에 집중하기

발이 땅에 닿는 느낌, 다리가 움직이는 감각, 숨 쉬는 리듬에 집중하며 천천히 걷습니다. 반려견의 움직임을 부드럽게 관찰하며, 그와 함께 걷는 리듬에 마음을 맞춥니다.

4) 자연과의 연결 감각 넓히기

바람이 스치는 감촉, 나뭇잎 흔들리는 소리, 꽃의 색과 향기를 느끼며, 자연과 내가 하나로 이어져 있음을 경험해 봅니다.

5) 중간중간 '우선멈춤'

산책 중간에 한두 번 잠시 멈춰 서서, 눈을 감거나 주변을 바라보며 호흡을 가다듬습니다. 지금 이 순간, 반려견과 함께 있는 이 시간을 마음에 새겨 봅니다.

6) 긴장 내려놓기

몸이 굳거나 마음이 바빠질 때는 그 자리에서 잠시 멈춰, 몇 차례 깊은 호흡을 하며 긴장을 풀고 다시 걷습니다. 반려견의 평온한 모습이 그 자체로 이완의 안내자가 되어 줍니다.

7) 산책의 마무리, 감사의 인사

산책이 끝날 즈음 다시 한번 깊은 숨을 들이쉬고, "고마워, 함께해 줘서."라는 말을 반려견에게 마음속으로 건넵니다. 이 짧은 인사 한 마디가 하루를 따뜻하게 마무리해 줍니다.

8) 매일 실천으로 일상의 습관 만들기

이 명상은 날마다 반복할수록 더 깊은 평화와 명료함을 선사합니다. 특별한 도구나 시간이 필요하지 않기에, 매일의 산책을 명상의 시간으로 바꿔 줄 수 있습니다.

'셸패스(Shall Pass)'는 "이 또한 지나가리라."라는 의미의 영어 표현입니다. 이는 우리 삶에서 일어나는 모든 감정과 생각이 머무르지 않고 흘러간다는 지혜를 상기시켜 줍니다.

셸패스 선명상은 감정에 집착하지 않고 자연스럽게 흘려보내며 마음의 평정과 균형을 되찾도록 도와주는 명상법입니다. 특히 반려견과 함께 이 명상을 실천하면, 감정의 중심을 다잡고 더욱 깊고 진정한 교감을 형성하는 데 큰 도움이 됩니다.

현대인의 삶은 수많은 감정과 생각들로 인해 쉽게 혼란에 빠집니다. 분노, 불안, 후회 같은 감정은 우리의 중심을 흔들고 삶의 흐름을 왜곡시키기도 합니다. 셸패스 선명상은 이러한 내면의 소용돌이를 가라앉히고, "지금 이 감정도 지나갈 것이다."라는 태도로 마음의 평화에 이르는 길을 열어 줍니다.

이 명상은 단지 감정을 흘려보내는 데 그치지 않고 반려견과의 관계를 더욱 친밀하게 만들어 주며, 스트레스와 감정적

어려움에 대해 더 유연하고 지혜롭게 대처하는 힘을 길러 줍니다. 명상 속에서 지금 이 순간의 생각과 감정은 영원하지 않으며, 모두가 흐름 속에 있다는 사실을 자연스럽게 깨닫게 됩니다.

1) 편안한 환경 준비하기

반려견과 함께 명상할 수 있는 조용하고 안정된 공간을 찾습니다. 자연과 가까운 공원, 햇살이 드는 거실, 혹은 조용한 방 한구석도 좋습니다. 필요하다면 잔잔한 음악이나 향초를 활용해 편안한 분위기를 조성해 보세요.

2) 편안한 자세로 앉거나 눕기

반려견이 자연스럽게 옆에 있을 수 있는 공간을 마련한 뒤, 자신도 긴장을 풀 수 있는 자세로 앉거나 누워 봅니다. 어깨에 힘을 빼고 호흡을 가다듬으며 마음을 차분히 합니다.

3) 호흡에 집중하며 마음 가라앉히기

눈을 부드럽게 감고, 천천히 숨을 들이쉬고 내쉽니다. 숨을 들이쉴 때는 맑고 신선한 기운이 들어오는 느낌을, 내쉴 때는 불편한 감정과 긴장이 빠져나가는 느낌을 띠올려 보세요. 이 괴정을 몇 치례 반복하며 마음이 점차 잔잔해지도록 합니다.

4) 떠오르는 감정과 생각 바라보기

마음속에 다양한 감정과 생각이 떠오를 수 있습니다. 억지로 없애려 하지 말고, 떠오르는 대로 지켜보며 "이 감정도 지나가리라."고 조용히 되뇌어 봅니다. 그저 흘러가도록 내버려 두는 연습을 통해, 마음의 중심을 회복할 수 있습니다.

5) 반려견의 존재와 연결되기

눈을 천천히 떠서 반려견을 바라보세요. 그의 숨소리, 따뜻한 체온, 편안한 눈빛을 느끼며, 지금 이 순간 서로의 존재가 깊이 연결되어 있음을 인식합니다. 그 자체로 마음이 따뜻해지고 평안해집니다.

6) 따뜻한 접촉으로 교감하기

부드럽게 쓰다듬거나 조용히 안아줍니다. 손끝에 닿는 털의 감촉, 전해지는 체온과 심장 소리를 느끼며 교감합니다. 이 접촉은 신뢰와 친밀함을 더욱 깊게 만들어 줍니다.

7) 감사와 자비의 마음 보내기

"고마워요, 사랑해요, 평안하기를 바랍니다." 같은 말을 마음속으로 진심을 담아 전합니다. 자신에게, 반려견에게, 그리고 이 세상 모든 존재에게 자비와 감사의 마음을 보내며, 내면의 따뜻함을 확장시켜 봅니다.

8) 명상 마무리, 일상으로 돌아오기

다시 한번 깊게 숨을 들이마시고 내쉰 후, 천천히 일상으로 돌아올 준비를 합니다. 반려견과 눈을 마주치며 따뜻한 미소를 나누고, 명상 중 느낀 평화와 고요함을 마음속에 간직한 채 하루를 이어 갑니다.

9) 일상 속에서 자주 실천하기

이 명상은 짧은 시간에도 깊은 울림을 줄 수 있습니다. 하루 중 단 10분이라도 시간을 내어 반복적으로 실천해 보세요. 감정이 호름을 건강하게 다루는 힘, 그리고 반려견과의 연결감은 날이 갈수록 더욱 깊어질 것입니다.

‘무시로 선명상’은 시간과 장소에 구애받지 않고 언제 어디서나 손쉽게 실천할 수 있는 명상법입니다. 여기서 ‘무시로’란 언제라도, 수시로, 아무 때나 실천할 수 있다는 뜻으로, 특별한 준비물이나 별도의 공간, 복잡한 절차 없이도 일상에 자연스럽게 스며들 수 있는 수행입니다.

이 명상은 삶의 모든 순간을 수행의 기회로 바라보는 깊은 통찰에서 출발하며, 일상의 작은 순간들을 고요하고 의미 있는 시간으로 전환해 줍니다.

현대인의 삶은 빠르게 흐르고 복잡한 일로 가득 차 있습니다. 명상을 원해도 시간을 따로 내기 어렵거나, 마음을 가다듬을 여유조차 없는 경우가 많습니다. 무시로 선명상은 이러한 현실을 고려하여, ‘지금 이 순간’ 언제든 마음을 돌이킬 수 있도록 돕는 실천입니다.

반려견과 함께할 때 이 명상은 더욱 자연스럽고 즐겁게 이어질 수 있습니다. 반려견의 존재 자체가 ‘지금 여기에 있는 것'의 아름다움을 일깨워 주기 때문입니다. 꾸준히 실천하다 보면 내면은 점차 고요해지고, 스트레스와 불안을 더 효과적으로 다루게 되며, 삶의 흐름 속에서도 깊은 평화와 잔잔한 기쁨을 경험할 수 있습니다.

이제부터는 반려견과 함께 일상 속에서 실천할 수 있는 구체적인 무시로 선명상 방법을 소개하겠습니다.

무시로 선명상 실천 가이드

1) 반려견과 함께하는 식사 시간의 명상

반려견에게 음식을 줄 때, 그 모습에 주의를 기울이며 지켜 보세요. 반려견이 먹는 소리, 움직임, 표정 하나하나에 집중하면 자연스럽게 현재에 머무르게 됩니다. 이 짧은 순간은 고요한 집중과 감사의 마음을 일깨워 줍니다.

2) 산책 중 실천하는 걷기 명상

산책은 무시로 선명상에 가장 적합한 시간입니다. 천천히 걸으며 발바닥의 감촉, 몸의 움직임, 바람과 소리를 느껴 보세요. 반려견의 리듬에 맞춰 걷다 보면, 자연스럽게 '지금 이 순간'과 연결됩니다. 가끔 멈춰 깊게 숨 쉬며 현재에 머무는 연습도 좋습니다.

3) 일상 중 짧은 휴식의 명상

집안일이나 업무 도중 잠깐 멈추어, 깊게 호흡하고 반려견의 편안한 모습을 바라보세요. 짧은 시간이라도 의식적으로 마음을 쉬게 해 주면 스트레스를 완화하고 집중력을 회복하는 데 도움이 됩니다.

4) 하루의 마무리 명상

잠자리에 들기 전, 반려견과 함께 조용히 누워 하루를 되돌아보는 시간을 가져 보세요. 부정적인 감정은 흘려보내고 감사한 일들을 떠올리며 마음을 정리합니다. 반려견의 온기와 숨소리를 느끼며 평온한 하루의 마무리를 실천할 수 있습니다.

5) 스트레스 상황에서의 즉각 명상

감정이 격해지거나 긴장감이 높아질 때, 바로 멈추어 호흡을 가다듬습니다. 반려견의 존재를 떠올리거나 곁에 있는 반려견을 바라보며 마음을 가라앉혀 보세요. 짧지만 효과적인 마음 관리법입니다.

6) 신체 접촉을 통한 명상

반려견을 쓰다듬거나 함께 누워 있을 때, 반려견의 온기와 숨결, 촉감을 섬세하게 느껴 보세요. 이 접촉을 통해 서로의 존재에 깊이 연결되고, 내면은 더욱 안정되고 평화로워집니다.

7) 명상 일기 쓰기

짧은 명상 후, 느낀 점이나 떠오른 생각을 간단히 기록해 보세요. 오늘 어떤 순간이 고요했고, 어떤 감정이 흘러갔는지 써 내려가는 습관은 실천을 지속하는 데 큰 도움이 됩니다.

이별준비와 불교 추모의례

삶은 언젠가 반드시 끝을 맺는다는 진리를 우리는 알고 있지만, 이별을 실제로 마주하면 늘 낯설고 어렵고 두렵습니다. 특히 반려견처럼 오랜 세월 함께하며 깊은 정서적 교감을 나눈 존재와의 이별은 단순한 상실을 넘어 삶의 일부를 잃는 듯한 깊은 슬픔과 애틋함을 남깁니다. 그런 슬픔 앞에서 우리가 할 수 있는 가장 아름다운 일은 이별을 외면하거나 부정하지 않고 조용히 마주하여 마음 깊은 곳에서 진심으로 따뜻하게 보내 주는 일입니다.

이별의식은 단순한 절차나 형식이 아니라 함께한 삶과 인연에 대한 깊은 존중과 애정을 표현하는 마음의 실천입니다. 화려하거나 복잡할 필요는 없습니다. 일상 속 작은 공간 한쪽에 조용한 자리를 마련하고, 반려견이 생전에 좋아하던 담요나 장난감, 함께 찍은 사진, 향기로운 꽃 한 송이를 준비하는 것 만으로도 충분합니다. 그 자리에서 반려견과 함께했던 소중한 시간을 떠올리고, 마음 깊은 곳에서 진심 어린 작별 인사를 건네는 것입니다.

"그동안 내 곁에 있어 줘서 고마웠어.
너와 함께한 시간은 정말 소중하고 아름다웠단다.
네가 내 삶에 와 줘서,
내 마음이 훨씬 더 깊어지고 따뜻해졌어."

이런 단순하고 진심 어린 말 한마디는 때로 긴 법문이나 정식 의례보다 더 깊고 잔잔한 울림을 줍니다. 이별의식은 반려견을 위한 것이기도 하지만 무엇보다 그들과 함께 살아온 우리 자신을 위한 것입니다. 반려견과의 이별은 인생에서 겪는 여러 종류의 슬픔 가운데 가장 순수하고 투명한 것 중 하나입니다. 그 감정을 억누르거나 회피하기보다 이별의식을 통해 마음속 깊이 쌓였던 아픔과 감정을 조용히 마주하고 흘려보내는 것이 중요합니다.

최근 사찰에서도 반려동물을 위한 추모 의례를 마련해 함께하는 사례가 늘고 있습니다. 많은 사찰이 반려견의 삶과 인연을 소중히 여기며, 그 존재가 평화롭게 삶을 마무리할 수 있도록 따뜻한 기도와 축원의 시간을 마련합니다. 스님과 함께하는 조용한 염불과 회향의 시간은 반려견에게 큰 위로가 되며, 남은 이들에게도 깊은 정서적 안정과 치유를 선물합니다.

불교에서 회향廻向은 우리가 쌓은 모든 선한 공덕과 진심을 다른 존재에게 되돌려 보내는 것을 뜻합니다. 이 회향의 마음을 이별의식에 담으면, 반려견과 함께 쌓아 온 사랑과 자비가 그 영혼에 따뜻한 축원과 위안으로 전해집니다. 반려견이 다음 생을 평화롭고 좋은 곳에서 맞이하도록 진심으로 기도하고 축원하는 그 순간, 우리는 함께했던 시간에 대한 가장 깊고 아름다운 응답을 하게 됩니다.

회향과 축원의 마음은 곧 자비와 생명 존중의 수행으로 이어집니다. 반려견과의 이별을 통해 모든 존재가 서로 깊이 연결되어 있으며, 우리가 보낸 축원과 기도가 결국 우리 자신을 변화시키고 치유한다는 것을 체험할 수 있습니다. 이별은 끝이 아니라 더 깊은 통찰과 자비심으로 이끄는 수행의 문이기도 합니다.

때로는 이별이 너무 커서 혼자 감당하기 어려울 때가 있습니다. 그럴 때는 가족이나 친구, 이웃과 함께 반려견을 기억하고 추모하는 시간을 가지는 것이 좋습니다. 비슷한 경험을 한 이들과 조용히 마음을 나누고 슬픔을 공유하면 서로의 고통을 덜고 마음의 무게를 나눌 수 있습니다. 이별 의식은 개인적 고백을 넘어 서로를 위로하고 지지하는 공동체적 치유의 공간이 될 수 있습니다.

이별을 준비하는 일은 함께한 삶을 존중하고 그 의미를 마음 깊이 새기는 수행입니다. 특히 반려견과의 이별은 일상의 많은 부분을 함께한 인연의 마무리이므로 준비와 의례의 의미가 큽니다. 이별의식은 고통을 억누르거나 서둘러 마무리하려는 행위가 아니라 슬픔을 인정하고 그 사랑을 품어 회향하는 성스러운 시간입니다.

먼저 마음의 준비가 필요합니다. 반려견의 상태가 변화할 때부터 보호자는 내면의 감정을 솔직히 들여다보고 가족과 상의하며 가능한 결정을 미리 생각해 두는 것이 도움이 됩니다. 수의사의 소견을 듣고 치료와 고통 관리, 비용과 실현 가능성, 삶의 질을 기준으로 미리 대화를 나누면 갑작스러운 결정에서 오는 추가적 고통을 줄일 수 있습니다. 마음의 준비 또한 보호자가 자신의 한계를 인정하는 과정이기도 합니다. 나 혼자 모든 것을 감당해야 한다는 부담에서 벗어나 가족과 이웃, 혹은 사찰·공동체의 지지를 받아 함께 길을 걷는 것이 중요합니다.

물리적 준비는 의례를 안정적으로 진행하게 합니다. 집에서 의례를 할 경우 조용한 공간을 정하고 반려견의 사진·

목줄·담요·장난감 등을 정성스럽게 배치합니다. 사찰에서 거행할 때는 사전 협의로 장소·시간·참석자 수·물품 준비 사항을 정리합니다. 촛불·꽃·향·간단한 안내문과 의식 순서를 준비하면 의례가 차분하게 진행됩니다. 의식 시간은 참여자의 정서 상태를 고려해 20~40분 내외로 간결하게 계획하는 것이 바람직합니다.

추모 의례 구성은 보편적이되 각자의 인연을 담아 자유롭게 짜면 됩니다. 한 예로 의식은 다음과 같은 순서로 진행할 수 있습니다.

(1) 입장과 자리 배치

(2) 마음 가다듬기

모두 잠깐 눈을 감고 호흡을 정돈함(들숨·날숨 3회)

(3) 사진·물품 소개와 짧은 회고

보호자 한두 명이 반려견과의 소중한 기억을 나눔

(4) 스님의 법문과 축원

무상과 연기의 관점에서 위로와 축복을 전함

(5) 천도 또는 회향 의식

반려견의 평안을 빌며 공덕을 돌리는 의식

(짧은 염불 또는 축원문 낭독)

(6) 봉헌과 기념 행위

기억 상자에 물건을 넣거나 촛불과 꽃을 바침

(7) 마무리 묵념과 안내

의례 종료 후 사찰의 마음 돌봄 프로그램 안내

각 단계는 엄숙함을 유지하되 참여자의 감정을 최우선으로 배려해 자유롭게 쉬어 갈 수 있도록 설계합니다.

특히 스님의 법문과 축원은 의식의 정서적 중심을 이룹니다. 짧고 핵심적인 법문은 무상과 연기의 가르침으로 이별의 아픔을 철학적으로 정리해 주고, 보호자에게 회복의 관점을 제공합니다. 스님은 반려견과의 인연을 존중하는 언어로 축원하며 보호자들의 슬픔을 함께 끌어안아 주는 역할을 합니다. 천도·회향 의식은 단순한 의례적 행위가 아니라 보호자가 쌓아 온 사랑과 정성을 모아 떠난 존재와 중생을 위해 돌려보내는 실천입니다. 이때의 회향은 '내가 쌓은 선한 마음이 다른 이들의 평화로 이어지길' 바라는 마음으로, 구체적 행위(기부·봉사·지역 지원)로 연결될 수 있습니다.

추모 의례를 마친 뒤의 과정도 치유에 중요합니다. 사찰에서는 의례 후 짧은 마음 돌봄 명상이나 상담을 제공하는 경우가 많습니다. 이는 보호자가 집으로 돌아가 일상을 시작해야 하는 현실적 부담 속에서도 정서적 여정을 안전하게 이어 가도록 돕는 장치입니다. 또한 보호자는 의례를 기록으로 남기고 사진·편지·기억 상자를 만들어 경험을 지속적으로 돌볼 수 있습니다. 때로는 작은 연례(매주 혹은 매달의 기념 산책)를 통해 기억을 살아 있게 하는 것도 도움이 됩니다.

　이별의식에서 가장 핵심적인 실천은 '진심으로 보내는 태도'입니다. 긴 말로 꾸미기보다 진심 어린 한마디가 더 큰 울림을 줍니다. "함께해 줘서 고마웠고, 네가 평안하길 기원한다."는 짧은 문장이 의례의 중심입니다. 또한 의례를 통해 '끝이 아니다.'라는 회향의 관점을 가슴에 새기면 이별의 고통은 감사와 자비로 서서히 옮겨 갑니다.

　이별의식은 개인적 슬픔을 정리하는 도구이자 우리 문화가 생명 존중의 방향으로 나아가게 하는 촉매입니다. 반려견과의 인연을 정성스럽게 마무리하는 일은 그들이 준 사랑을 사회적 선행과 연대의 행동으로 확장하는 출발점입니다. 이별을 통해 얻은 자비심과 감사는 삶을 더 깊고 따뜻하게 하며, 그 울림은 공동체의 치유와 회복으로 연결됩니다. 현명하고 정성 어린 이별 준비와 추모 의례가 여러분의 마음에 작은 평안을 선사하길 바랍니다.

이별은 끝이 아니라, 함께한 사랑을 감사와 자비로 되돌려 보내는 시간입니다.
조용한 의식 속에서 반려견의 삶을 따뜻하게 기억하고,
진심 어린 인사로 평안을 기원합니다.
그 마음이 회향되어 우리 안의 슬픔을 치유하고,
더 깊은 연민과 생명 존중으로 이어집니다.

이별·상실을 마주하는 명상법

반려견과의 이별은 마음 깊은 곳에 고요한 공백을 남깁니다. 먹던 그릇, 함께 덮던 이불, 다정히 걷던 골목길은 그대로인데 반려견이 있던 자리만 온기가 빠져나간 듯한 공허함이 감돕니다. 그 공허는 단지 결핍이 아니라, 우리가 얼마나 깊이 사랑했고 또 아껴 왔는지를 드러내는 소중한 징표입니다. 우리는 이 징표 앞에 서둘러 무언가로 채우려 하기보다, 있는 그대로 머물며 살피는 일이 필요합니다. 명상은 그 머무름의 방식입니다. 억누르거나 회피하지 않고 감정을 부정하지 않은 채로 '지금 여기'에서 감각과 생각을 돌아보는 시간은 치유의 문턱을 여는 첫걸음입니다.

이별을 마주하는 명상은 고통을 단순히 덜어 내는 도구

가 아닙니다. 그 자체로 수행이며, 이별의 경험을 삶의 지혜로 바꾸는 길입니다. 슬픔의 한가운데에서 자비와 감사로 다시 서는 법을 배우고, 그 존재와 맺었던 인연을 더 따뜻하게 마무리하는 과정입니다. 아래는 그러한 과정을 돕는 확장된 설명과 실천법입니다.

1) 상실의 감각을 있는 그대로 바라보기

이별 후 찾아오는 공허함, 그리움, 후회는 모두 자연스러운 감정입니다. 억지로 누르거나 없애려 하지 마세요. 슬픔이 올라올 때, 조용히 눈을 감고 그 감정을 천천히 느끼는 시간을 가져 보세요. 가슴 깊은 곳에서 울컥 올라오는 감정을 있는 그대로 인식하며 이렇게 속으로 말해 봅니다.

'지금 이 감정은 내 사랑이 남긴 소리입니다.'

감정을 판단하지 않고 있는 그대로 바라보는 연습은, 우리 마음을 부드럽게 품는 힘이 됩니다.

2) 무상의 흐름을 받아들이는 명상

불교에서는 모든 존재가 무상하다고 이야기합니다. 반려견과의 시간도 생멸과 변화의 흐름 속에 있습니다. 활기찬 걸음이 느려지고, 산책 도중 쉬는 시간이 잦아질 때 우리는 그 고요해지는 삶을 느낍니다. 이때, 조용히 앉아 호흡을 가다듬으며 떠올려 보세요.

'이 만남도 이별도, 모두 흐름 속의 한 장면이었음을.'

삶의 무상을 받아들이는 것은 단지 체념이 아니라, 깊은 사랑과 감사의 바탕에서 피어나는 지혜입니다. 그 무상함을 껴안을 때, 우리는 삶의 소중함을 더 깊이 이해하게 됩니다.

3) 사랑의 흔적을 마음에 되새기는 시간

이별 앞에서 우리는 자주 후회합니다. "더 잘해 줄 걸", "조금 더 함께할 걸" 하는 마음이 올라올 때, 스스로를 탓하기보다는 이렇게 되새겨 보세요.

'그 순간 나는 최선을 다했고, 그 마음은 전해졌습니다.'

완벽하지 않았더라도, 우리가 보낸 진심은 그들에게 닿아 있었습니다. 반려견은 우리의 부족함보다 진심을 먼저 알아 준 존재입니다. 그 흔적을 마음에 품고, 삶의 일부로 간직하세요.

4) 눈물과 감정을 흘려보내는 명상

감정을 억지로 삼키지 않아도 됩니다. 울고 싶을 때는 울고, 가슴이 먹먹할 때는 잠시 그 감정을 곁에 두세요. 조용한 공간에서 반려견과 함께했던 순간들을 떠올리며, 그 기억 하나하나에 숨결을 불어넣듯 천천히 숨을 쉽니다.

"이 감정은 나를 더욱 따뜻한 사람으로 만들어 줍니다."

이러한 명상은 마음 깊은 곳의 감정을 흘려보내면서도, 그 감정이 품고 있는 사랑과 자비를 느낄 수 있도록 도와줍니다.

5) 삶의 방향을 새롭게 정하는 다짐의 명상

이별은 끝이 아닙니다. 그 존재는 사라지지 않았으며, 우리 안에 남은 따뜻한 기억으로 계속 함께합니다. 이제 그 사랑을 앞으로의 삶에 어떻게 새기고 살아갈지를 조용히 다짐해 보세요.

"이 이별을 통해 나는 삶을 더 진심으로 살아갈 수 있습니다."

그 다짐은 후회를 넘어서 새로운 삶의 방향이 됩니다. 사랑은 결국, 떠난 존재가 우리 안에서 다시 피어나게 하는 힘이 됩니다.

이별의 명상은 기술이 아니라 태도입니다. 슬픔을 경멸하거나 피하려 하지 않고, 그 자리에서 일어나 돌보는 태도야말로 진정한 치유의 시작입니다. 반려견과의 관계에서 길러진 자비심은, 그가 떠난 이후에도 여러분을 통해 이어집니다. 명상을 통해 그 사랑을 고이고이 품고, 다시 일상으로 나아가십시오. 필요한 순간에는 혼자서 버텨 내려 하지 말고 도움을 요청하세요. 사랑은 사라지지 않고, 다른 방식으로 여러분 곁에 머물 것입니다.

치유와 회복을 위한 자기돌봄 명상법

반려견과의 이별 후 많은 사람이 일상의 리듬을 잃고 깊은 허전함 속에 머뭅니다. 평소라면 무심히 하던 식사나 샤워, 잠자리가 버겁게 느껴지고 웃음은 쉽게 돌아오지 않습니다. 이런 때일수록 외부의 요구에 먼저 반응하기보다, 내면의 상처를 돌보는 '자기자비'의 시간이 필요합니다. 자기돌봄 명상은 자기 자신을 판단하지 않고 다정하게 바라보는 훈련입니다. 억누르거나 성급하게 덮어 두려 하지 말고, 아픈 감정에 부드러운 관심을 보내는 일이 곧 회복의 시작입니다.

이 명상은 단순한 위로를 넘어서, 감정의 회복을 돕고 삶의 균형을 다시 세우는 실천적 수행이기도 합니다. 자기 돌봄 명상은 '이별의 끝'이 아니라, 새로운 삶을 다시 시작하는 문 앞에서 나를 다독이는 작은 의식입니다. 시간이 필요하더라도 괜찮습니다. 조금씩, 아주 천천히, 나 자신에게 친절한 사람이 되어 보세요. 그 길은 곧, 상실을 통해 얻는 가장 깊고도 진실한 회복의 길이 되어 줄 것입니다.

1) 상처받은 나를 품는 연습 하기

이별의 아픔은 자기혐오나 무력감으로 이어지기 쉽습니다. 먼저 '지금 아픈 나'를 인정하는 것 자체가 회복의 출발입니다.

실습(2-5분): 조용히 앉아 손을 가슴 위에 올리고 눈을 감습니다. 숨을 몇 번 고른 뒤 천천히 다음 문장을 속으로 또는 낮게 읊습니다.

"괜찮다. 너는 충분히 아파해도 된다. 그만큼 사랑했구나."

문장을 한 번 외운 뒤 호흡에 맞춰 3회 되뇌고, 떠오르는 감정을 판단하지 않고 그냥 품어 줍니다.

2) 몸과 마음의 감각에 귀 기울이기

감정은 몸에서 먼저 신호로 드러납니다. 몸을 읽는 법을 익히면 감정에 휘둘리지 않고 안전하게 반응할 수 있습니다.

실습(3-7분): 편히 앉아 호흡을 1분 관찰한 뒤, 머리부터 발끝까지 천천히 스캔합니다. 각 부위에서 느껴지는 긴장·통증·공허감을 단어로 붙여 보세요(예: '목 무거움', '배 텅 빈 느낌').

긴장 부위에는 손을 얹고 "조금 느슨해도 괜찮다."라고 부드럽게 말해 줍니다. 끝으로 손을 가슴에 얹고 몇 차례 깊게 숨을 쉬며 몸의 응답을 관찰합니다.

3) 일상 속 작고 선한 루틴을 회복하기

작은 반복 행동이 마음의 리듬을 회복합니다. 명상은 좌선뿐 아니라 이러한 루틴을 의도적으로 수행하는 것입니다.

실습(매일): 아침·저녁 각 한 가지 루틴을 정합니다(예: 아침 따뜻한 차 3분 온전히 마시기, 저녁 5줄 감사 일기 쓰기).

루틴을 실행할 때는 휴대폰을 치우고 '지금 이 행위'에만 집중합니다. 행동 전 간단한 의도('이 차가 나에게 온기를 주길')를 세우면 수행성이 강화됩니다.

4) 다시 삶의 흐름으로 연결되기

고립은 애도의 고통을 심화시킵니다. 안전한 연결을 통해 회복 속도가 빨라집니다.

실습(유연한 접근): 신뢰하는 한 사람에게 "오늘 잠깐 이야기해도 될까?" 하고 연락합니다(짧게 시작).

그룹 참여가 부담스러우면 1회성으로 반려인 모임이나 걷기 모임에 참석해 보세요.

자연 걷기를 택할 때는 휴대폰을 비행기 모드로 하고 걷는 리듬에만 주의합니다(10-20분).

5) 이별 이후의 나를 다정하게 받아들이기

이별은 정체성의 변화를 불러옵니다. 새로워진 자신을 다정히 인정하면 상처는 성장의 밑거름이 됩니다.

실습(5-10분): 하루 한 번 거울 앞에서 혹은 편지 쓰기 방식으로 다음 문장을 말해 보세요.

"지금의 나는 상처받았지만 따뜻하다. 나는 이 슬픔을 품고 살아갈 힘이 있다."

또는 자신에게 편지를 써서 '지금의 나'에 대해 설명하고, 작은 미래 약속(예: 한 달 뒤 식물 화분 키우기)을 적어 둡니다.

반려견과의 이별로 마음이 아플 때,
자기 돌봄 명상은 부드럽게 자신을 바라보며 회복을 돕는 작은 의식입니다.
몸과 마음의 신호에 귀 기울이고,
작은 일상 루틴을 회복하며 내면의 균형을 다시 세웁니다.
시간을 들여 상처받은 자신을 다정히 품으면,
슬픔은 결국 새로운 삶으로 나아가는 힘이 됩니다.
자, 같이 시작해 볼까요?

4장

애도와 회복의 4주 루틴

규칙적인 명상
반려견과의 동행

시작 전에: 준비·주의사항

이 루틴을 시작하기 전 가장 먼저 할 일은 '안전한 자리'를 마련하는 것입니다. 안전하다는 느낌은 외부 조건(물리적 안전)과 내부 조건(심리적 안정)이 함께 갖춰질 때 옵니다. 반려견을 잘 떠나 보내기 위한 명상과 회복은 장소·시간·도구·마음가짐을 간단히 점검하는 것으로 훨씬 수월해집니다.

이 준비 단계는 단지 형식적 점검이 아닙니다. 안전한 공간을 만들 때 우리는 외부의 조건뿐 아니라 내면의 경계를 세우고, 슬픔과 불안을 마주할 수 있는 최소한의 지지대를 마련합니다. 이 지지대 위에서 이루어지는 소소한 명상과 의례들은 결국 하루의 작은 회복이 되고, 나아가 애도의 과정을 견디게 해 줄 든든한 기초가 됩니다.

물리적 준비

장소 선택

이별 후 치유의 여정을 시작할 때, 외부 소음과 방해가 적은 집 안의 조용하고 아늑한 공간을 선택하십시오. 햇살 드는 창가나 편안한 의자가 있는 곳 등 온전히 자신에게 집중할 수 있는 '마음의 안전지대'를 마련하는 것이 중요합니다. 이 공간은 슬픔을 마주하고 내면의 평화를 찾아가는 작은 안식처가 됩니다.

바닥과 좌석

몸의 부담을 최소화하고 편안함을 극대화하는 방향으로 준비합니다. 바닥에는 부드러운 매트나 푹신한 쿠션을 깔고, 반려견과 함께 사용했던 담요나 방석을 활용하는 것도 좋습니다. 앉는 자세가 편안해야 마음도 고요해질 수 있으므로, 등받이 있는 의자를 사용하거나 발이 땅에 안정적으로 닿도록 높이를 조절하십시오. 반려견의 사진이나 유품을 시야에 두어 추억과 연결될 수 있도록 배치합니다.

온도·조명

마음을 차분히 가라앉히는 환경을 조성합니다. 실내 온도는 쾌적하게 유지하고, 밝고 직사광선이 강한 조명은 피하십시오. 간접 조명이나 LED 촛불 같은 은은한 빛을 활용하여 아늑하고 고요한 분위기를 연출합니다. 이러한 환경은 마음의 긴장을 풀고 내면에 집중하는 데 도움을 줍니다.

소리

휴대폰은 무음 또는 방해금지 모드로, 필수 연락은 예외로 하되 연습 시간에는 방해를 최소화하세요. 잔잔한 자연음이나 낮은 목소리의 가이드 음악을 배경으로 깔고 싶다면 볼륨을 낮게 유지합니다.

심리적·정서적 준비

마음의 의도 세우기

수행 시작 전, 짧게 숨을 고르고 오늘의 의도를 분명히 세웁니다. "지금 이 시간은 떠난 존재와의 인연을 되새기고, 나 자신을 온전히 돌보는 시간이다."와 같은 문장을 마음속으로 되뇌어 보십시오. 이 작은 의도가 산란한 마음을 모아 수행에 중심을 잡아줄 것입니다.

안전 문구와 마음의 방패

감정이 갑자기 밀려올 때 스스로를 다독일 '안전 문구'를 미리 준비해 둡니다. "이 슬픔은 당연하다.", "나는 최선을 다했다." 같은 짧고 다정한 말을 반복하며 자신을 보호합니다. 이 문구들은 감정의 파고를 넘기는 실질적인 방패가 됩니다.

수행의 경계 설정

이 책의 수행은 전문 치료를 대체할 수 없습니다. 극심한 우울감, 불면, 자해 충동 등이 2주 이상 지속된다면 주저하지 말고 전문 상담이나 의료 지원을 받아야 합니다. 자신의 한계를 인정하고 도움을 요청하는 것은 약함이 아니라, 자신과 그 존재를 존중하는 용기 있는 선택입니다.

시간 관리

짧게 자주

펫로스를 겪는 시기에는 긴 시간을 강제하기보다 짧고 규칙적인 연습(1-5분 단위)을 권합니다. 처음에는 하루 1회 3분, 점차 10-15분으로 늘려 가세요.

루틴 형성

매일 같은 시간(아침 기상 직후, 저녁 잠들기 전 등)에 연습하면 습관화가 빨라집니다. 달력에 표시하거나 알람을 설정해 두면 도움이 됩니다.

안전한 수행을 위한 주의사항

감정의 폭발

연습 중 갑자기 통제하기 어려운 공황·심한 울음·자해 충동 등이 나타나면 즉시 연습을 중단하고 신뢰하는 사람에게 연락하거나 전문 도움을 요청하세요.

신체적 불편

명상이나 애도 과정 중에 몸의 통증이나 불편함이 느껴진다면, 즉시 자세를 바꾸거나 잠시 휴식을 취해야 합니다. 특히 이별 후 심리적 스트레스는 두통, 소화 불량, 근육통 등 다양한 신체 증상으로 나타날 수 있습니다. 통증이 지속되거나 명상이 오히려 신체적 고통을 가중시킨다면, 무리하게 진행하지 말고 잠시 중단한 뒤 몸의 반응에 귀 기울여야 합니다. 몸은 마음의 거울이며, 신체적 안정이 선행될 때 비로소 마음의 치유도 순조로워질 수 있음을 기억하십시오.

의존성 경계

명상이 문제 회피 수단이 되지 않도록 주의합니다. 감정을 바라본 후에는 반드시 일상적 실천(기록·대화·실무 정리 등)으로 연결하세요.

도구와 기록

간단한 도구

타이머(휴대폰 알람), 따뜻한 담요, 물 한 컵, 노트(감정 기록용)만으로 충분합니다.

체크리스트

매 연습 후 기분·반려견 반응·지속시간을 노트에 간단히 적어 두면 변화를 추적하고 필요할 때 전문가에게 전달하기 좋습니다.

마음가짐의 권장

부드러움과 인내

먼저 자신에게 자비를 베푸세요. 진행 속도가 느려도 괜찮습니다. 실수와 어긋남은 수행의 일부입니다.

작은 목표

"오늘은 3분 동안 함께 호흡하기"처럼 작고 구체적인 목표를 세워 성취를 경험하세요.

공동체의 지지

수행 모임이나 친구와 짧은 연습을 약속하면 지속이 쉬워집니다.

이 루틴은 마음과 몸이 모두 편안한
'안전한 자리'를 만드는 일에서 시작됩니다.
조용한 공간과 따뜻한 준비, 그리고
"괜찮아, 내가 여기 있어." 같은 다정한 말이 마음의 지지대가 됩니다.
그렇게 마련된 안정 속에서의 작은 명상은
하루의 회복이 되고, 슬픔을 견디는 힘이 되어 줍니다.

주별 루틴

목표

1주 안정화 신체와 신경계를 안정시키고 즉각적 위기 반응을 낮춘다. 짧은 안정화 기법과 규칙적 루틴을 세운다.

2주 슬픔 관찰 올라오는 감정들을 판단 없이 관찰하여 감정의 패턴과 트리거를 알아차린다. 애도의 정상성 인식과 기록 습관을 형성한다.

3주 자비 확장 자기자비와 반려견에 대한 자비를 실천하면서 타인과의 연결을 늘리고 회복 자원을 확장한다.

4주 기억의 자리 만들기 추모와 회향의 의식을 정립해 기억을 온전히 품고, 앞으로의 삶에 그 사랑을 심는 실천으로 전환한다.

1주 안정화

(목표: 몸·호흡·일상 루틴으로 안전 확보)

핵심 실천 (매일)	**1) 아침 3분 안정화 호흡** 코로 4초 들이마시고 6초 내쉬기 5회 손을 가슴에 얹고 짧은 자기자비 문장 3회 ("네 슬픔은 정당하다.") **2) 낮·저녁 1분 감각 귀환('5-4-3-2-1 감각귀환법')** 트리거 순간(사진을 보고 갑자기 울컥할 때 등) 즉시 사용 눈으로 5가지 보기, 귀로 4가지 듣기, 손으로 3가지 만지기, 코로 2가지 냄새 맡기, 입 안에서 1가지 맛 보기 의도적으로 오감에 집중하여 '지금 여기'로 돌아오기 **3) 하루 한 번 10분 '짧은 접촉 안정 연습'** 기념 물건을 손에 쥐고 호흡 동기화 **4) 수면 위생 체크** 일정한 취침, 기상 시간 지키기 취침 1시간 전 휴대폰 사용 줄이기
주중 권장 활동	안전 공간 만들기 점검(장소, 담요, 향, 기억 상자 준비) 주변의 '신뢰자' 1명에게 현재 상황 알리기(통화 약속 등) 간단한 감정 기록(오늘의 한 단어 짧은 메모)
멘탈 체크 포인트	공황, 심한 불면·식욕 상실이 지속되면 전문 도움을 고려할 것
TIPS	알람으로 연습 시간을 고정하고, 처음엔 하루 1회라도 꾸준히 실천하세요.

2주 슬픔 관찰

(목표: 감정의 패턴 파악·트리거 인지)

핵심 실천 (매일)	1) 아침 5분 몸·감정 스캔 　호흡 1분, 머리 → 목 → 어깨 → 가슴 → 배 → 다리 순 　몸과 감정 체크(느낌을·단어로 적기) 2) 하루 10분 감정 일지 　트리거·감정 강도 0-10 표기, 　대응행동(호흡·산책·대화) 기록 3) 저녁 5분 '감정 이름 붙이기' 명상 　떠오르는 감정을 판단 없이 '이름'으로 부르기 　(예: "지금은 공허가 오네.") 4) 주 2회 15분 연장 접촉 명상(추모 물건 또는 반려견과 함께) 　호흡 동기화 + 손 얹기 　(물건인 경우 손의 온기·질감에 주의)
주중 권장 활동	트리거 목록 만들기(장소, 물건, 음악 등) 안전한 슬픔 표출 방법 마련 (글쓰기·짧은 산책·신뢰자와의 대화) 필요 시 상담 예약(예방적 접근 권장)
멘탈 체크 포인트	감정이 격해질 때 즉시 안정화 기법으로 전환
TIPS	감정 일지는 짧게 쓰세요. 매일이 부담되면 격일로 시작해도 좋습니다.

3주 자비 확장

(목표: 자기자비 강화·사회적 연결 재구성)

핵심 실천 (매일)	1) 아침 3-5분 자기자비 호흡 　자비 문장 반복 　("내 슬픔은 정당하다.", "나는 지금의 나를 돌본다.") 2) 낮 시간 한 번 '자비 행동' 실천 　추모 물건 정리·사진 정리·반려견을 위한 작은 기부 등 　실천적 자비를 행함 3) 주 2회 20분 대화 실습 　신뢰자와 감정 나누기(짧고 안전한 공유) 4) 저녁, 하루 한 가지 '자비 기록' 　오늘 내가 나에게 친절했던 순간 적기
주중 권장 활동	지역 반려인 모임/수행 모임 검색 및 1회 참석 시도 자원봉사·기부 같은 외부 연대 활동 계획(소규모 실천) 추모 의식 준비(편지·음악·사진 수집)
멘탈 체크 포인트	타인과 연결이 부담되면 메시지나 짧은 통화로 시작 무리하지 말 것
TIPS	자비 행동은 크지 않아도 됩니다. (예: 물그릇 청소, 편한 말 한마디)

4주 기억의 자리 만들기

(목표: 추모의 의례화, 회향 실천)

핵심 실천 (매일)	1) 아침 5분 기억의 명상 　좋았던 장면 하나를 온전히 떠올리고 감사 표하기 2) 주 3회 10-15분 추모 의식 　사진 앞에서의 짧은 의식, 기억 상자 정리, 추모 산책 등 3) 최종 주말(4주차 종료): 추모 의식 실행 　작은 기념식(가족·친지 초대 가능), 사진첩 만들기, 　기부 또는 봉사 실천 4) 지속 실천 계획 수립 　월 1회 추모 루틴, 연중 기념일 계획 등
주중 권장 활동	기억 상자 만들기 시작(편지·목줄·사진 등) 추모 의식 초안 작성(순서, 음악, 문구) 추모 의식 실행 및 회향(의미 전환 의식 수행)
멘탈 체크 포인트	추모 의식에서 감정 폭발이 클 경우 도움을 청할 것 의식은 마음의 회복을 돕기 위한 것임을 잊지 말 것
TIPS	회향은 '이 시간들이 남긴 선한 영향을 어디에 돌릴 것인가?' 를 생각하는 시간입니다.

짧은 좌선과 호흡 연습(주제별 지침)

짧은 좌선과 호흡 연습은 반려견과 함께하는 일상에서 즉시 적용 가능한 마음챙김 도구입니다. 짧은 시간이라도 규칙적으로 하면 신경계를 안정시키고 감정의 중력(반응성)을 낮추며, 반려견과의 관계 속에서 '지금'에 머무르는 능력을 키워 줍니다. 다음은 안전하고 실용적인 5-10분 좌선 지침과 주제별(안정화·슬픔 관찰·자비 확장·마음챙김 산책 연결) 호흡 연습입니다.

A. 기본 좌선 지침(5-10분)

장소: 안전하고 편안한 자리(실내 쿠션·의자 또는 야외 잔디). 반려견이 옆에 있어도 무방하되, 반려견의 상태를 먼저 확인.

자세: 의자에 앉을 때는 발을 바닥에 편히 붙이고 등은 곧게, 어깨는 이완. 쿠션에 앉을 때는 반가부좌가 어렵다면 편안한 자세로 엉덩이를 약간 앞으로 빼고 등받이 없이 앉음. 손은 무릎 위에 얹거나 합장.

시간: 타이머를 5분 또는 10분으로 설정(짧은 알림음 사용).

의도: "지금 이 시간을 너와 나의 숨 고르는 시간으로 씁니다." 같은 짧은 문장으로 시작.

1. 자리 잡기(30초)

눈을 감거나 부드럽게 바닥을 응시합니다. 몇 번 깊게 숨을 들이쉬고 내쉽니다. 몸의 무게가 닿는 감각을 느껴 안정감을 확인합니다.

2. 호흡 관찰(약 2-3분)

자연스러운 호흡을 관찰합니다. 들숨과 날숨의 느낌, 가슴과 배의 움직임을 부드럽게 따라갑니다. 호흡을 억지로 조절하지 말고 '있는 그대로' 알아차립니다.

호흡이 빨라지면 '4:6 규칙(들숨 4초 / 날숨 6초)'처럼 부드럽게 길이를 조절해 안정화합니다.

3. 몸 스캔(약 1-2분)

머리→목→어깨→가슴→배→골반→다리 순으로 짧게 훑으며 긴장 부위를 알아차립니다. 긴장 부위에 가볍게 숨을 보낸다는 상상을 하며 날숨에 긴장이 풀리게 합니다.

4. 마음 관찰(약 1-3분)

떠오르는 생각이나 감정을 판단하지 않고 '생각', '슬픔', '후회' 등으로 이름 붙여 흘려보냅니다. 감정이 강해지면 다시 호흡(들숨·날숨)에 주의를 돌립니다.

5. 마무리(30초)

손을 가슴 위로 옮겨 몇 번 호흡을 함께하고, 반려견을 향해 부드럽게 시선을 주거나 가볍게 쓰다듬어 연결을 확인한 뒤 천천히 일상으로 돌아갑니다.

B. 주제별 호흡 연습(각 2-5분 내 실행 가능)

1. 안정화용 호흡(초기 위기·불안 감소)

목적: 교감·부교감 균형 회복, 공황·과도한 각성 완화.

자세: 편히 앉거나 서서 발을 어깨너비로 벌림.

리듬: 들숨 4초, 멈춤 1초(선택), 날숨 6-7초. 5회 반복.

수행 포인트: 날숨을 길게 하여 부교감 활성화. 손을 가슴 또는 배 위에 올려 숨의 진동을 느끼기.

응용: 펫로스 직후 공황이 올 때, 차분히 5회 반복 후 감정 체크.

2. 슬픔 관찰용 호흡(감정의 접수와 관찰)

목적: 슬픔을 억누르지 않고 안전하게 관찰.

자세: 반려견 옆에 앉아 가벼운 접촉(손 얹기) 허용.

리듬: 자연 호흡 유지, 들숨·날숨을 억지로 조절하지 않음.

수행 포인트: 각 호흡에 '들이다(받아들임)', '보낸다(놓

음)' 같은 단어를 얹어 감정을 '있는 그대로' 인정. 예: "받아들임…보냄…"

응용: 눈물이 날 때 억누르지 말고 호흡으로 흐름을 관찰. 감정이 지나가도록 지켜봄.

3. 자기자비(자비 확장) 호흡(자기 위로와 온기)

목적: 자기자비 강화, 자기비난 완화.

자세: 한 손을 가슴 위에 얹고, 다른 손은 배 위나 반려견에게 가볍게 닿음.

리듬: 들숨 4초, 날숨 6초, 6-8회 반복.

수행 포인트: 날숨에 '자비'나 '부드러움' 같은 마음을 불어넣는 이미지(따뜻한 빛이 가슴에서 퍼짐)를 사용. 호흡을 통해 스스로에게 부드러운 말을 건네기.

응용: 죄책감이나 자기비난이 올라올 때, 이 호흡으로 자체 위로 루틴을 만들기.

4. 감사·기억 호흡(기억의 자리 만들기)

목적: 반려견과의 좋은 기억을 회복적으로 떠올리고 감
사의 정서를 일상에 연결.

자세: 사진이나 기념물을 가까이에 두고 앉음.

리듬: 느리고 규칙적인 호흡(들숨 4-5초, 날숨 5-6초)
6-8회.

수행 포인트: 각 날숨에 감사의 한 문장("고맙다", "너와
의 시간")을 마음속으로 반복. 호흡에 따라
한 장면씩 떠올리며 그 장면에 머무는 시간
늘리기.

응용: 매일 아침 1분만 실행해도 추모의 루틴화에 도움.

5. 산책 연결 호흡(움직이는 마음챙김)

목적: 산책을 마음챙김 수행으로 전환, 일상 속 실천성 강화.

자세: 산책 중 걸음의 리듬과 호흡을 맞춤.

리듬: 한 걸음에 한 호흡(들숨 한 걸음, 날숨 한 걸음)

또는 두 걸음 들숨, 두 걸음 날숨(편한 속도로 조절).

수행 포인트: 발바닥의 감각, 주변 냄새, 반려견의 리듬을 함께 느끼기. 반려견이 멈추면 같이 멈춰 숨을 고름.

응용: 매일 5-10분 산책의 초반과 중반에 의도적으로 호흡-걸음 일치 연습을 삽입.

C. 짧은 좌선 · 호흡 예시(5분 구성)

0:00-0:30　　자리 잡기·의도 세우기

0:30-2:30　　안정화 호흡(들숨 4초/날숨 6초, 5회 반복)

2:30-3:30　　몸 스캔(긴장 완화)

3:30-4:30　　감정 관찰(떠오르는 감정 이름 붙이기)

4:30-5:00　　마무리(손을 가슴에 올리고 감사 한마디)

D. 실전 팁과 안전 수칙

규칙성: 매일 같은 시간(아침·저녁 등)에 짧게라도 실행
하면 효과가 누적됩니다.

유연성: 호흡 수·시간은 개인차가 큽니다. 불편하면 즉시
속도·길이를 조절하세요.

반려견 신호 존중: 반려견이 불편해하면 접촉을 멈추고
일정 거리를 두세요.

기록: 연습 후 기분·반려견 반응·호흡 패턴을 간단히 메
모하면 변화를 추적하는 데 유리합니다.

전문지원: 명상 중 과도한 공황·자해 충동·심한 우울이
나타나면 즉시 연습을 중단하고 전문가에게
연락하세요.

E. 마무리 권장

짧은 좌선과 호흡은 '수행의 씨앗'입니다. 꾸준히 심고 물을 주면 작은 변화가 쌓여 큰 회복으로 이어집니다. 반려견과 함께 숨을 맞추는 순간들은 말없는 위로가 되고, 그 위로는 시간이 흐르며 한층 더 깊은 자비와 평온으로 자리잡습니다.

펫로스 상황별 연습 (애도 의식과 회복 루틴)

펫로스는 사람마다, 상황마다 필요와 반응이 다릅니다. 이 장에서는 초기 충격부터 장례·작별, 사회적 무시에 대한 대응, 기념일 대응, 일상으로의 복귀, 장기적 회복까지 상황별로 즉시 적용 가능한 안정화·의례·회복 단계를 제시합니다. 모든 실천안은 현실적이고 반복 가능하도록 설계되었으며, 감정이 과도하게 폭발하면 즉시 중단하고 전문가에게 도움을 구하라는 안전 원칙을 우선으로 합니다.

A. 초기 충격 — 즉각적 안정화와 안전망 연결

목적: 공황과 혼란을 낮춰 다음 행동을 위한 최소한의 힘을 확보합니다.

(실천)

1. 즉시 안정화(1-5분)

감각 귀환법(5-4-3-2-1): 눈으로 보이는 것 5개, 들리는 소리 4개, 만질 수 있는 것 3개, 맡을 수 있는 향 2개, 혀끝의 느낌 1개를 천천히 인식하면 현실감이 회복됩니다.

호흡 박자 조절: 코로 4초 들이쉬고 6초 내쉬기(5회)로 심박을 안정시킵니다. 손을 가슴이나 배에 얹어 안정감을 확인하세요.

2. 안전망 연결

신뢰할 만한 사람에게 상황 알리기(간단 문자/전화).

"지금 많이 힘든데, 잠깐 이야기할 수 있을까?"와 같은

문장으로 도움을 요청합니다.

현장(병원·집)에서 도움받기

담요·물·간단한 간식·휴대폰 충전기 등 기본물품을 정

리해 두면 신체적 안정이 빨라집니다.

3. 짧은 기록

지금 느끼는 감정 한 단어와 당장 필요한 것(예: '울어

야 함', '혼자 있고 싶음')을 메모해 두세요. 이 기록은

이후 감정 정리와 전문가 상담 시 유용합니다.

B. 장례·작별 시기 — 의례화와 의미 부여

목적: 상실을 명확히 표명하고 관계를 존중하며 기억을 조직합니다.

(실천)

1. 간단한 작별 의식(현장·가정용)

준비물: 사진·목줄·작은 꽃·편지·LED 촛불·짧은 의식문(3-5문장)

순서 예시(10-20분)

1) 물건·사진을 중앙에 놓기

2) 짧은 호흡으로 마음 가다듬기(들숨·날숨 3회)

3) 좋은 장면 1-2개 소리 내어 회고

4) 편지 낭독 또는 1분 침묵

5) 작은 물건을 기억 상자에 넣고 촛불로 마무리

가족이 모일 수 없으면 영상 통화로 같은 절차를 진행
하세요.

2. 의례 중 감정 관리

의례 진행자(또는 지지자)를 정해 감정 폭발 시 잠깐
쉴 수 있도록 하세요.

의례 후 따뜻한 음료와 간단한 식사를 준비해 신체적
안정을 도모합니다.

C. 이해받지 못하는 애도(사회적 무시) — 사회적 대응 루틴

목적: 타인의 무심함으로 인한 2차 상처를 줄이고 자기자
비 기반의 대응을 마련합니다.

1. 즉답 템플릿 준비

간단한 문구(예: "지금은 조용히 기억할 시간이 필요합니다. 이해 부탁드립니다.")를 미리 만들어 두면 대응이 쉽습니다.

2. 안전망 확장

신뢰할 수 있는 사람(한두 명) 리스트와 연락 우선순위를 정합니다. 온라인 지지그룹을 찾을 때는 후기와 운영방식을 확인해 안전한 곳을 선택하세요.

3. 자기보호 의례

사회적 장벽에 부딪힐 때 즉시 실행할 간단한 의식을 만드세요. (예: 사진 앞 1분 호흡, 편지 쓰기, 짧은 산책으로 감정 가라앉히기)

D. 기념일·특별일 대처 루틴

목적: 기념일까지의 불안 대비와 의미 있는 기념으로 회복을 촉진합니다.

실천

1. 사전 계획(1주 전)

날짜(입양일·생일·기일 등)와 예상 감정 체크, 당일 일정 단순화·지원 요청(함께할 사람 지정)

2. 당일 의례(10-30분)

기억 명상(5분): 좋은 장면을 떠올리고 "고맙다."를 마음에 새기기.

간단한 행동: 산책·꽃 한 송이·기부(유기동물 단체에 소액 기부)·사진첩 보기.

3. 사후 자기돌봄

다음 날은 휴식 계획을 세우고 과도한 일정은 피하세요. 당일 사용한 감정 에너지를 회복하는 데 집중합니다.

E. 일상 재진입 루틴(일·사회 활동 복귀)

목적: 일상으로의 복귀를 무리 없이 진행하고 트리거 관리를 통해 안전성을 확보합니다.

실천

1. 점진적 복귀 일정

업무는 단계적으로 재개합니다(예: 오전 2시간 집중 → 휴식 → 오후 복귀). 중요한 일정은 초기 2주는 피하거나 지원자와 함께 대응하세요.

2. 트리거 대처 팩 휴대

즉시 사용할 수 있는 도구 모음(호흡법 요약, 감각 귀환 가이드, 신뢰자 연락처, 짧은 의식문)을 항상 지니세요. 사무실 책상이나 휴대폰에 메모해 두면 좋습니다.

3. 직장·가족과의 소통

복귀 전에 간단히 상황을 알리고 필요 시 일시적 근무 조정이나 휴가를 요청하세요.

F. 장기적 회복 루틴(회향과 의미 확장)

목적: 추모 행위를 선행(기부·봉사 등)과 연대로 연결하여, 상실을 개인적 슬픔을 넘어 공동체적 회복으로 전환합니다.

실천

1. 기억 상자·기념집 만들기

사진, 편지, 목줄 등 소중한 물품을 모아 기억 상자를 만들거나 디지털 앨범을 제작합니다. 이는 정서적 자원으로 계속 활용됩니다.

2. 정기적 회향 행동

월 1회 추모 산책, 연 1회 소액 기부·자원봉사(유기동물 보호소 등)로 사랑을 되돌려 주세요.

3. 나눔과 기록

자신의 경험을 글로 적거나 모임에서 나누면 치유적 서사가 만들어집니다. 블로그나 지역 모임에서 경험을 공유하면 다른 사람의 회복에도 큰 도움이 됩니다.

G. 상황별 추가 팁 및 주의사항

- 통증·질병이 있어 호스피스가 필요한 경우 전문수의사 상담을 우선하세요.
- 자녀·노약자가 있는 가정은 연령에 맞는 설명과 참여 방식(예: 추모 의식의 간단한 역할)을 마련하세요.
- 우울증·지속적 불면·자해 충동 등 심각한 증상이 있으면 즉시 심리·의료 전문가에게 연락하십시오.

펫로스의 회복은 단선적이지 않습니다. 같은 사람도 순간마다 다른 감정을 경험하고, 어떤 시점에는 즉각적인 안정화가, 또 어떤 순간에는 장기적 회향이 필요합니다. 가장 중요한 것은 자신을 안전하게 지키는 일과 동시에, 그 경험을 자비의 실천으로 전환하려는 마음입니다. 작은 의례 하나하나가 쌓여 결국 큰 문화의 변화를 만들어 내기 때문에, 개인의 회복과 공동체의 연대는 서로를 북돋우며 함께 나아갑니다.

불교가 전하는 생명 존중

우리는 오래전부터 서로 기대며 살아왔습니다. 인간이 처음 회색늑대와 발자국을 나란히 한 순간부터, 돌보고 돌봄 받는 관계는 문명의 일부가 되었고, 오늘날 반려견과의 삶은 그 긴 맥락의 연장입니다. 이 책을 여는 동안 여러 장면을 함께 걸었습니다. 처음 만남의 떨림, 일상의 작은 의례들, 함께 있음의 미세한 감각, 펫로스의 날카로운 상처와 그로부터 피어나는 회복의 길. 모든 이야기는 하나의 중심으로 이어집니다. 삶은 결코 고립된 단위가 아니며, 모든 존재는 서로 얽혀 있다는 깨달음. 불교가 오래도록 전해 온 생명 존중의 가르침입니다.

불교는 생명을 가벼이 여기지 않습니다. 연기와 무상, 자비의 가르침은 단지 사변적 교리가 아니라 매일의 삶에서 어떻게 행동할지를 묻는 윤리의 길입니다. 반려견과의 관계는 이 물음을 가장 구체적으로 드러냅니다. 그들은 우리에게 말하지 않고도 감정을 전하고, 돌봄을 통해 우리가 무엇을 잃고 무엇을 얻는지를 끊임없이 비춥니다. 반려견을 돌보는 일은 단지 책임의 목록을 채우는 행위가 아니라, 자비를 몸으로 익히는 수행입니다. 밥그릇을 놓는 손길, 산책길을 함께 걷는 발걸음, 조용한 접촉. 이 모든 작은 행위는 곧 수행이며, 생명 존중의 실제적 표현입니다.

펫로스를 겪는 과정에서 우리는 생명이 유한하다는 무상의 진실을 더 직접적으로 마주합니다. 그 충격은 고통스럽지만, 동시에 우리가 얼마나 깊이 사랑했는지를 증명합니다. 불교는 그 자리에서 인간에게 자비를 권합니다. 자비는 단순한 감상이나 동정이 아니라, 고통을 보고 행동으로 응답하는 능력입니다. 자기자비 역시 그 한 부분입니다. 스스로를 치유할 줄 모르는 사람은 타자를 온전히 돌보기도 어렸습니다. 따라서 애도의 시간이 필요할 때, 스스로에게 다정한 손을 내미는 일은 결코 사치가 아닙니다. 그것이야말로 진정한 수행의 한 면입니다.

연기의 시선은 우리에게 책임을 묻습니다. 우리가 지닌 선택과 행동은 이 세계의 다른 존재들에게 결과를 남깁니다. 반려견을 만나는 것은 우연이 아니라 인연의 흐름이며, 그 인연 속에서 우리가 보여 주는 태도는 다음 인연으로 이어집니다. 우리가 작은 생명을 존중하는 방식은 결국 사회의 윤리적 감수성을 키웁니다. 동물 복지, 반려문화, 생명 윤리에 대한 담론이 공공의 장에서 자리 잡는 것은 이 같은 개인적 실천이 사회적 변화를 만드는 과정입니다. 불교의 가르침은 이 변화를 촉진하는 철학적·윤리적 토대가 될 수 있습니다.

또한 불교가 강조하는 무아의 통찰은 애도의 고통을 가볍게 하려는 의도가 아닙니다. 무아는 자기비난과 과도한 동일시에서 벗어나 현실을 더 넓은 인과의 그물로 보는 지혜입니다. 우리는 때때로 '내가 더 해야 했다.'라며 스스로를 자책하지만, 연기의 관점은 다양한 조건들이 함께 작용했음을 밝힙니다. 그 깨달음은 죄책감을 해소하고, 더 실천적인 책임감으로 전환할 힘을 줍니다. 반려견과의 관계에서 배운 세심함과 책임감은 다음 관계에도 스며들어 연민의 실천을 이어 가게 됩니다.

이 책에서 제시한 실천들인 짧은 좌선, 호흡 연습, 접촉 명상, 애도 의식, 4주 회복 루틴은 모두 그 하나의 목표를 향합니다. 고통을 무시하지 않되, 그 고통 속에서 깨어 있고 자비로 응답하며, 기억을 통해 의미를 확장하는 일입니다. 실천은 결코 거창할 필요가 없습니다. 매일의 손길 한 번, 잠깐의 멈춤 하나가 쌓여 삶의 태도를 바꿉니다. 그리고 그 태도의 변화가 사회적 감수성으로 확장될 때, 우리는 더 나은 공존의 문화를 만들어 갈 수 있습니다.

마지막으로 드리고 싶은 말은 이렇습니다. 반려견과의 시간은 선물이었고, 그 선물은 상처와 함께 왔습니다. 상처는 아프지만, 그 안에는 배움과 자비가 숨어 있습니다. 부디 그 사랑을 부정하지 마십시오. 슬픔을 있는 그대로 껴안고, 자비로 자신을 돌보고, 가능하다면 그 사랑을 다른 생명과 나누어 주십시오. 그러면 그 사랑은 사라지지 않고 새로운 방식으로 흐를 것입니다.

불교는 경전에만 머물지 않고 삶의 현장으로 스며들어야 합니다. 반려견과 함께하는 삶 속에서 연기와 무상, 자비를 실천할 때, 우리는 생명 존중의 깊이를 실감하게 됩니다. 이 책이 그 길에 작은 등불이 되었기를 바랍니다. 걸음을 멈추어 숨을 고르고, 다시 한번 부드러운 손길을 건네세요. 그 손길은 당신에게도, 반려견에게도, 이 세상에 머무는 모든 생명에게도 자비의 씨앗이 될 것입니다.

체크리스트

체크리스트 1

이별 후 자기돌봄 명상 (간단·실용)

사용법: 각 항목을 하루에 한 번 또는 필요할 때 확인하세요.
체크박스에 표시하고, 빈칸에 간단한 메모를 남기세요.

날짜: ______________________________________

오늘의 기분(한 단어):

____

1. 안전·호흡(1-3분)

☐ 편히 앉기/누워서 손을 가슴에 올림

☐ 4초 들이마시기 / 6초 내쉬기 5회 반복

☐ 자신에게 부드러운 문장 한 번 말하기:

"괜찮다.", "너는 충분히 아파해도 된다."

문장: ___________________________

2. 상처받은 나를 품기(2-5분)

☐ 눈 감고 가슴의 감정 느끼기

☐ 다음 문장 3회 되뇌기: "너는 충분히 아파해도 된다."

☐ 오늘 떠오른 감정(단어): ___________________________

3. 몸 스캔(3-7분)

☐ 머리→목→어깨→가슴→배→골반→다리→발 순으로
감각 체크

☐ 긴장 부위(있다면)에 손 얹기 및
"조금 느슨해도 돼." 말하기
긴장 부위: ___________________________

4. 짧은 루틴(매일 1회 이상 권장)

아침 루틴: ☐ 차 한 잔 온전히 마시기

　　　　내용: ______________________

저녁 루틴: ☐ 5줄 감사일기 또는 오늘의 한 문장(감사/다짐)

　　　　내용: ______________________

____

5. 감정 외화(3-5분)

☐ 감정 단어 적기(최대 5개):

____

☐ 편지 쓰기/녹음(원하면): ☐ 했음 ☐ 미완료

6. 추모 의식(선택)

☐ 사진·기념물 앞 1분 멈추기

☐ 작은 의식(꽃, 편지, 산책) 실행: ______________

7. 몸 돌보기(하루 기본)

☐ 규칙적 식사 시도: ☐ 예 ☐ 아니오

☐ 10-20분 가벼운 산책/스트레칭: ☐ 예 ☐ 아니오

☐ 수분 섭취(컵 수):

8. 사회적 연결(필요시)

☐ 오늘 한 사람에게 감정 나누기 시도:

  ☐ 예 ☐ 아니오 (이름:)

☐ 지원 요청(식사/조문/실무 도움 등):

9. 트리거 대비(예정된 기념일·장소)

다가오는 날짜(예: 입양일/기일):

대처 계획(간단):

10. 전문가 도움 체크

☐ 2주 이상 우울·불면 지속

☐ 자해/치명적 생각 있음

□ 일상 기능 심각 저하

위 항목 중 해당되면 전문가 상담/의료기관 연락 권장
(연락처:)

오늘의 한 문장(다짐 또는 감사)

메모(추가 관찰·변화 기록)

체크리스트 2

4주 루틴:
애도 회복 프로그램

사용법: 매일 항목을 체크☑하고 짧은 메모를 남기세요.

하루 총 권장 시간: 10-20분(상황에 따라 조절).

주별 목표를 참고해 유연하게 적용하세요.

1주차_ 안정화(신체·정신 안정화)
매일 핵심: 안전·호흡·짧은 접촉

월

☐ 아침 3분 안정화 호흡(들숨 4초 / 날숨 6초 5회 반복)

메모: ___________________________

☐ 1분 감각 귀환(5-4-3-2-1) 필요 시 사용

☐ 저녁 10분 접촉 연습(기념물건 손에 쥐고 호흡)

반응: ___________________________

화

☐ 아침 3분 안정화 호흡

메모: ___________________________

☐ 낮 1분 발 지지법(바닥에 발착지 집중)

☐ 저녁 간단 기록(오늘 기분 한 단어)

____

수

☐ 아침 3분 안정화 호흡

____

☐ 안전 공간 점검(장소·담요·향 등)

필요사항: ___________________________

☐ 저녁 10분 접촉 연습

반응: ___________________________

목

☐ 아침 3분 안정화 호흡

____

☐ 낮 1분 감각 귀환(트리거 대응)

☐ 저녁 수면 위생 체크(취침시간/전자기기 줄임)

실천: ___________________________

금

☐ 아침 3분 안정화 호흡

____

☐ 낮 짧은 산책(5-10분) 중 1분 호흡

관찰: ___________________________

☐ 저녁 간단 기록(오늘의 한 문장)

____

토

☐ 아침 3분 안정화 호흡

____

☐ 주간 회고(주중 감정·수면 체크, 메모 3줄)

요약: _______________________________________

☐ 저녁 안전 공간 만들기(기억상자 준비)

반응: _______________________________________

일

☐ 아침 3분 안정화 호흡

____

☐ 가벼운 활동(자연 걷기 10-15분)

느낌: _______________________________________

☐ 주간 메모(안정화 정도 변화)

노트: _______________________________________

2주차_ 슬픔 관찰(감정 인지·패턴 파악)
매일 핵심: 감정 스캔·기록

월

☐ 아침 5분 바디스캔(머리→발)

주요감각: ______________________

☐ 하루 감정 일지(트리거·감정·강도 0-10)

예: ______________________

☐ 저녁 5분 감정 이름 붙이기(판단없이)

떠오른 감정: ______________________

화

☐ 아침 5분 바디스캔

____

☐ 낮 트리거 목록 만들기(장소, 물건, 음악 등)

트리거: ______________________

☐ 저녁 감정 이름 붙이기 명상 5분

(떠오르는 감정 '이름'으로 부르기)

반응: ______________________

수

☐ 아침 5분 바디스캔

____

☐ 낮 10분 글쓰기(감정 단어 3개 + 한 문장)
적음: _______________________________________
☐ 저녁 감정 일지 작성

____

____

목

☐ 아침 5분 바디스캔

____

☐ 낮 산책 중 트리거 관찰(특정 장소/냄새)
기록: _______________________________________
☐ 저녁 접촉 명상 15분(추모 물건)
반응: _______________________________________

금

☐ 아침 5분 바디스캔

____

☐ 낮 1분 안정화 호흡(필요 시)

사용: ______________________

☐ 저녁 짧은 대화(신뢰자에게 감정 나누기)

누구: __________

토

☐ 아침 5분 바디스캔

____

☐ 감정 패턴 요약(주간 일지 점검)

핵심패턴: ______________

☐ 저녁 편안한 의식(사진 보기·짧은 편지 쓰기)

실행: ______________________

일

☐ 아침 5분 바디스캔

____

☐ 가벼운 활동(명상 산책 15분)

느낌: ______________________

☐ 주간 메모(트리거·대처법 업데이트)

노트: ______________________

3주차_ 자비 확장(자기자비·관계회복·사회적 연결)
매일 핵심: 자기자비·작은 자비 행동

월

☐ 아침 3-5분 자기자비 호흡(문장 반복)

　문장: ______________________

☐ 낮 자비 행동 실천(추모 물건 정리, 작은 기부 등)

　행동: ______________________

☐ 저녁 자비 기록(오늘 내가 나에게 친절했던 순간)

　기록: ______________________

화

☐ 아침 자기자비 호흡

　______________________

☐ 낮 신뢰자에게 5분 통화 또는 메시지(감정 공유)

　누구: ______________________

☐ 저녁 소소한 선행(이웃 돕기/소액 기부)

　실행: ______________________

수

☐ 아침 자기자비 호흡

☐ 낮 반려인 모임·수행모임 검색 또는 1회 참석 시도
시도여부: ________

☐ 저녁 자비 기록

목

☐ 아침 자기자비 호흡

☐ 낮 자비 행동
행동: ________

☐ 저녁 대화 실습(감정 나눔 연습)
상대: ________

금

☐ 아침 자기자비 호흡

☐ 낮 봉사·기부 실천 계획 초안 작성(간단)

계획: ______________________

☐ 저녁 자비 기록

____

토

☐ 아침 자기자비 호흡

____

☐ 반려견 추모 의식 준비(편지·사진·음악 수집)

준비물: ______________________

☐ 저녁 짧은 의식(사진 앞 감사)

느낌: ______________________

일

☐ 아침 자기자비 호흡

____

☐ 가벼운 활동(자연 걷기/명상 모임 참석)

느낌: ______________________

☐ 주간 메모(자비 행동 효과)

노트: ______________________

4주차_ 기억의 자리 만들기(추모·회향·지속 계획)
매일 핵심: 기억의 의례화

월

☐ 아침 5분 기억 명상(좋은 장면 하나 떠올리기)

장면: ______________________

☐ 낮 기억 상자 정리, 추모 산책 등

☐ 저녁 간단 기록(감사 한 문장)

____

화

☐ 아침 기억 명상

____

☐ 낮 추모 의식 초안 작성(순서·문구·음악)

초안: ______________________

☐ 저녁 사진 정리(몇 장 선택)

선택사진 수: ______________________

수

☐ 아침 기억 명상

____

☐ 낮 기억 상자 꾸미기(편지·목줄·작은 물건 넣기)

실행: ______________________________

☐ 저녁 자비 기록(오늘의 작은 공덕)

기록: ______________________________

목

☐ 아침 기억 명상

____

☐ 낮 추모 의식 리허설(간단히)

느낌: ______________________________

☐ 저녁 감사 표현(주변 사람에게 감사 전하기)

누구: ______________________________

금

☐ 아침 기억 명상

____

☐ 낮 최종 추모 의식 준비(음악·장소·초 등)

준비사항: ______________________________

☐ 저녁 휴식(편안한 시간 보내기)

활동: _______________________

토 (종결 의식 날)

☐ 아침 기억 명상

____

☐ 낮 추모 의식 실행(가까운 사람 초대/혼자도 가능)

실행 메모: _______________________

☐ 저녁 회향 기록(의식 후 느낌·다짐 적기)

기록: _______________________

일 (정리·지속 계획)

☐ 아침 기억 명상

____

☐ 낮 지속 계획 수립(월 1회 추모·기념일 계획 등)

계획: _______________________

☐ 저녁 주간 총정리(변화·느낀 점)

노트: _______________________

펫로스 치유하는
위로와 회복의 시간

마지막 산책

초판 1쇄 발행   2025년 12월 5일

◉
지은이   덕운

펴낸이   오세룡
편집   김윤미 손미숙 박성화 윤예지
기획   곽은영 이수연
디자인   고혜정 김효선 최지혜
일러스트   오렌.J
홍보·마케팅   정성진

◉
펴낸곳   담앤북스
주소   서울특별시 종로구 새문안로3길 23 경희궁의 아침 4단지 805호
대표전화   02-765-1251(영업부) 02-765-1250(편집부)
전송   02-764-1251
전자우편   dhamenbooks@naver.com

◉
출판등록   제300-2011-115호

◉
ISBN 979-11-6201-566-7 (03810)
정가 17,000원

◉